U0421518

9787566410146-5

书同 胡竹峰 ◎ 编

章衣萍集

随笔卷（上）

北京师范大学出版集团
安徽大学出版社

目 录
CONTENTS

古庙集

3 | 小序

4 | 古庙杂谈

19 | 记濮永昶的词

24 | 记石鹤舫的词

27 | 柏克赫士特女士

48 | 他们尽是可爱的！

54 | 春愁

58 | 鲁彦走了

64 | 不要组织家庭
　　——贺竹英、静之同居

67 | 糟糕的《国语文学史》

76 | 萌芽的小草
　　——一知半解的"诗话"

80 | 感叹符号与新诗

92 | 零零碎碎

96 | 僭越的忧虑

98 | 病中的觉悟

100 | "不行"

102 | 丢了三个

105 | 漫语

108 | 高尔基及其他

112 | 浪漫的与写实的

117 | 《平民诗选》序

❋ | 《深誓》自序（存目）

121 | 跋《情书一束》

127 | 《断片的回忆》小序

130 | 罪过

134 | 呼冤

139 | 小小的希望

142 | 《秋野》发刊词

144 | 女人压迫女人

146 | "不通曰通"解

樱花集

151 | 东城旧侣
　　——寄湖上漂泊的 C

159 | 记 Mrs. Lorskaya

170 | 记所遇

183 | 中国的情歌

❋ | 过年（存目）

195 | 小别赠言

197 | 悲哀的回忆

199 | 怀烧饼店中的小朋友

205 | 月老与爱神

208 | 关于"无常"

212 | 吊品青

215 | 无聊杂记之一

219 | 寒窗琐记
　　　——吉卜生的《日常面包》

222 | 病中随笔

225 | 在灯下

231 | 捧场

236 | 语丝与教育家

❀ | 仲民来（存目）

240 | 海上

245 | 俄文译本《阿莲》自序

249 | 我的自叙传略

257 | 跋

黄仲则评传

261 | 黄仲则评传

古庙集

小　序

　　小僧衣萍是也，自从离开古庙，托钵上海，疾病缠绵，瞬将一载。死则心实不甘，生则未能愉快，呻吟卧榻，无计谋生。病中不能作文，乃将学道古庙时所作零星碎稿，编成斯集，并承苦雨斋中岂明大师之助，始克有成。以过时之笔墨，换糊口之金钱。境之所迫，无可奈何。况当此战云迷漫，民不聊生，不知命在何时，宁复计及名誉。茫茫四海，大雅君子，鉴之谅之。

　　　　　　　　　　　五，二十，衣萍自序

古庙杂谈

一

近来在读小泉八云的《诗的鉴赏》(*Appreciation of Poetry*)。小泉八云的议论，有时也未免稍旧，但实在有独到的地方。我最喜欢的是《勃朗宁研究》(*Studies in Browning*)一章。勃朗宁是不容易懂的，虽然我们的文豪可以花两小时就做一篇介绍勃朗宁的文章。小泉八云论勃朗宁，以为勃朗宁同爱默生（Emerson）一样，可以说是"个人主义"（Individualism）者。但他们的个人主义，并不是自私自利的个人主义，他们的个人主义意思是 Self-cultivation，"是每个人都应该发展他的体力和心力到于极度"。这样的个人主义的教义，就是 make yourself strong。人不过是一个人罢了，不是上帝。所以你也许要做许多坏事和笨事，但无论你干什么，就是干坏了，也应该好好地干去，用全副力量去干，"就是强恶也许比弱德会好些"！

我可以算是不懂得勃朗宁的，因为他的全集，我并没有读完，也读不全懂。（中国恐怕没有人敢说真懂得勃朗宁！）但我读了小泉八云这段议论，实在是很欢喜的。中国人实在是太懦弱了，而且我就是其中懦弱的一个。

从身体一方面看来，我们不是太胖，就是太瘦，或者是太矮。（有许多女学生真是矮得无可再矮！）我们不但远比不上那碧眼黄发的白种人，就是比起那短小精悍的日本人来，也觉十分惭愧，几乎不敢用镜自照其憔悴的脸。从精神一方面看来，我们的心理上有从古传来的两个魔鬼：一个是"忍"，一个是"让"。"忍"便是像乌龟一般的缩起头来，"让"便是像猪羊一般的任人宰割。

你们的老婆给军阀们的丘八强奸了,你们的儿子给军阀们拉夫拉走了,你们的房子给丘八和土匪焚烧了,然而你们只会痛苦流泪地逃走,你们只会躲在租界上打几个电报,你们只会……我告诉你们,"忍"和"让"是乌龟和猪羊的道德;你们是人,你们应该 make yourself strong!

这是听说来的,也许是实事罢。无锡的城外一带,当齐燮元从上海再攻卢永祥的时代,城外的商店和住户可说是被抢得精光了,然而无锡城内独能保全。这并不是齐燮元的丘八忽然大发慈悲,实在是无锡城内的商团在城边设了电网,所以齐燮元的败兵不能进城。

你们应该用枪炮抵抗枪炮,至少你们也应该设起电网。你们应该武装起来!

假如你们是人,你们就应该 make yourself strong。否则,你们用猪羊孝敬凶恶的丘八,你们自己也就是猪羊。

中国现在所需要的,不是浅薄的博爱主义,而是自强的个人主义!否则像这样大多数弱似乌龟和猪羊的人们,在军阀的枪炮底下牺牲,也是活该!

十四,三,十

二

近来常听见一种高超的议论,便是:你们应该读书,不应该做文章。

究竟读书要读到什么时候才可做文章呢?这个他们并没有说。

于是胆小的人们,从此吓得不敢动笔;老实的人们,于是一面动笔,一面又忏悔。从此而中国的文坛上现出一层寂寞的灰色。

这真教人纳闷。

我推求这种高超议论的来源,而知道有两种思想在那里作祟,便是"不朽论"和"历史论"。

作一文,著一书,必曰,我将何以不朽,何以在历史上占位置。"不朽论"的老调,便是"悬之四海而皆准,推之万世而不惑"。这本是儒家的古旧思想。

然而只要旧思想穿上新衣裳,青年们当然从此不敢怀疑。

其实世间决无永久不朽的真理。至于历史上的位置,也很难说,这正如康德(Kant)的位置,在英美的哲学史上一定占不了几页;而且尼采(Nietzsche)的位置,在胡适先生的《五十年来的世界哲学》上,便用了"其实尼采一生多病,也是弱者之一"两句俏皮话,作了尼采"超人论"的收场。

读书而读到康德和尼采一般的渊博,当然也不是容易的事。然而历史上的位置究竟还渺茫。

我告诉你们,你们活着,应该做活着的事,你们有议论便发议论;你们不妨一面读书,一面发议论。

在太阳底下,没有不朽的东西;白纸的历史上,一定要印上自己的名字,也正同在西山的亭子或石壁上,题上自己的尊号一般的无聊。

而且就自己求学问方面说,作文和谈话都是训练自己思想的好方法,这正好借了胡适之先生的英文话告诉你们:Expression is the most effective way of appropreating one's own thought。

十四,三,十三

三

近来忽然觉得,我们贵国人(当然我也在内)有两种观念是不很清楚:一种是"数"的观念,一种是"时"的观念。

假如你早上起来,你问你的朋友:"现在几点钟了?"无论实际上是九点十分,九点二十分,或者九点二十五分,他也许就猝然的回答你说:"现在是九点钟。"

你们要是不相信我的话,尽可随时试试你们的朋友,有太太的可以试试太太,有小姐的可以试试小姐,有儿子的也不妨试试你们心爱的儿子,我的话大概总有效验的,虽然我不是预言家保罗,也不会哄你们花五毛钱去得一辆汽车。

一天分做十二个时辰——子,丑,寅,卯,辰,巳,午,未,申,酉,戌,亥,已经够麻烦了,却偏偏要分做二十四小时,每小时又要分做六十分,每分又要分做六十秒,岂不是太麻烦了么?我的祖母是个国粹派,伊总以为太麻烦了的。

伊曾慷慨激昂地对我发过议论,伊说:"太阳从东方起来便知道是早晨,太阳从西方下去便知道是天晚,太阳走到天空的中央当然是正午,岂不很明白么?偏要分做几点几十分,真是麻烦而且无聊。"

如若有人请我祖母去玩,伊一定说:"我早上来。"无论是早上九点钟,十点钟,十一点钟,然而太阳没有走到天空的中央,当然仍旧还是早上。

其实太阳何尝常常能走到天空的中央?天空的中央又在哪里?然而这些问题是不许提出的,提出也是愚问。

我的祖母究竟是七十岁以上的人了,其实七十岁以下的人们,或者就是自命受过教育的人们,"时"的观念不清楚如我祖母的一定不在少数。

孟禄(Dr. Paul Monroe)博士到过中国以后,曾对人发这样的议论:"中国人宴会多半是迟到,上火车却总是早到。"

火车开行是有定时的,中国人当然不舒服了,所以非早到不可。

然而我是中国人,总以为中国人是可以原谅的。因为我们聪明的祖宗虽然也发明了指南针,后来又发明了

"日晷"，然而壁上挂着滴答滴答的时钟终是西洋人发明的，我们当然过不惯那些几点几分几秒的生活。

要说我们贵国人对于"数"的观念不清楚，一定有许多热血的青年们觉得十分不舒服了，我猜想。

二五一十谁不知道？三三得九谁不知道？六六三十六又谁不知道？谁说中国人"数"的观念不清楚！

然而热血的青年慢着，这是有事实为证的。

我们且不必扯到大学中学里的数学成绩是怎样坏，因为近代所谓时髦的青年们多半是文学家，他们会做新诗，他们会做白话文，他们会喝酒，他们也会失眠，当然是不需要数学的；而且徐诗哲也公然的在什么附中演说过，世界上的大文学家多半是不善数学的，他更会从古至今从西到东的引了许多例。

我们且谈谈古人罢，古之文学家或者不如今日之多，而且骂古人究竟是一件便宜的事情。无论你骂他是猪，是羊，是牛，是马，是卖国贼，他当然只有沉默地受着，无论如何也不会从棺材里跳出来回骂。

我总疑心古人对于"数"的观念是不清楚的，你且看他们怎样的胡闹：胸中有五脏，天上有五星，阴阳有五行，人间有五伦。你看他们只会用一个"五"字包括一切。你看他们对"数"的观念是何等的模糊！

"朋友！你们贵国有若干人？"

"四万万人！"

中国真只有四万万人吗？谁统计过？有人说从民国以来战争频仍，现在只有三万万人了，然而谁又统计过？我也知道这是不容易统计的。然而你们贵村有若干人？你们贵府有若干亲戚朋友？你老有多少贵庚？你家少爷结婚几年了？你能够一气答出而不谬误吗？我猜你是要弄错的，就是用心理学家的统计方法也会弄错的。

十四，三，二十

四

我初到北京的那一年，东安市场仿佛是一片焦土，只有几间矮小的店铺，还留着几壁烧残的危墙。伴我到东安市场的 T 君，指着一堆瓦烁的焦土告我说："那里从前是很闹热的。"

"哦！"我毫无感想地回答 T 君。

不知过了几月，而东安市场在鸠工动土了。又不知过了几月，而东安市场焕然一新了。

那时我相识的似乎只有 T 君，所以再陪我去逛新建筑的东安市场的仍然是他。

"呵！如今的东安市场比从前宽敞得多，整齐得多了。房屋比从前高大，街道也比从前开展了。"T 君赞美地说。

"哦！"我含糊地回答 T 君，脑中引起许多的感想来。

我们徽州的闹热商埠，当然要推屯溪镇了，所以徽州人都称屯溪镇为"小上海"。

有一年，那时我头上还梳着小辫子罢，屯溪镇失火了，一晚便烧去几百家。

我惨然了，听见这火灾的消息以后。

"那有什么呢？屯溪镇是愈烧愈发达的。"父亲毫不在意的说。

"难道烧去许多房屋财物也不可惜么？难道这样大的损失反愈损失愈发达么？"我似乎不相信父亲的话似地说。

"损失，这不过暂时的。我所看见的屯溪镇是：火烧一次，房屋整齐而且高大一次；火烧一次，街道宽大而且洁净一次；火烧一次，市面繁华一次。"

我当然不懂了，因为父亲说的是屯溪镇的历史上的话。而我那时年纪很小，我的头脑中简直没有屯溪镇的历史。

但后来也渐渐明白了，从我的头上的小辫子剪了以后。

我看见了许多古旧的老屋，在我的故乡，污秽而且狭隘，墙壁已倾斜得摇摇欲倒了，然而古屋里的人们照样地生活着，谈着，笑着，他们毫不感觉危险而且厌恶。

我怀疑而且不安了，"这么古旧的老屋还不想法子改造么？"

"改造，谈何容易，要损失，还要代价。"一个年老人很藐视地告诉我，他是我的亲戚。

我恍然了，知道改造不是那么容易。

然而狂风吹来，古屋倒了，新屋又建筑起来了；大火烧来，古屋毁了，新屋又建筑起来了。狂风和大火底下，当然损失了不少的生命和财产，然而新屋终于建筑了起来。

从此以后，我赞美狂风，也赞美大火，它们诚然是彻底的破坏者；然而没有它们，便也没有改造。

有时我也替愚蠢的人们可怜；有时我又想，为了改造，为了进步，愚蠢的人们是应该牺牲。

我希望狂风和大火毁坏了眼前之一切的污秽而狭隘的房屋，在荒凉的大地上，再建筑起美丽而高大的宫殿来。我希望彻底的破坏，因为有彻底的破坏，才有彻底的建设。

我赞美东安市场过去的大火，因为有了它，东安市场才有现在的新建设。

十四，三，二十五

五

偶然买得一只母鸡，便送到 Amy 的府上去。

那里住着的 Y 小姐也有三只母鸡。

我把我的母鸡放在 Amy 府上的庭中，Y 小姐和 Amy 都围上来。

"几吊钱买的？" Amy 问。

"八吊钱。"我欣然地说。

"买得便宜!"Y小姐夸奖地说。

然而Y小姐的三只母鸡也围上来,其中一只黄毛的母鸡,气汹汹地直冲到前面来,将我的母鸡的颈儿咬着;然而我的母鸡亦颇不弱,于是伊俩便决斗起来了。

Y小姐与Amy站在一旁瞧着,笑着。

我的确忍不住了,瞧着这无理的决斗。我于是用左脚将我的母鸡踢开,然而Y小姐的母鸡又直扑上来了。我知道这无理的决斗是不可免的了,于是也站在一旁,说:

"你们斗罢,畜生们!"

"斗死一只也好,横竖有鸡肉吃。"Amy接着说。

然而我心中又似乎有不可破的伦理。我总觉得人可以杀鸡,鸡决不可以杀鸡的。于是我也加入鸡的战斗,连午饭也不想去吃。

Y小姐与Amy自然笑我多事了。

然而因为我的干涉,鸡们的争斗终于停止。

我知道鸡们是不忠厚的,这也不自今日始了。鲁迅先生的后园养了有三只鸡,这三只鸡自然是朝夕相聚,应该是相亲相爱的了。然而也时常争斗,我亲眼看见过的。

"鸡们斗起来了"。我从窗上看出去,对鲁迅先生说。

"这种争斗我也看得够了,由他去罢"!是鲁迅先生对于一切无聊行为的愤慨态度。我却不能这样,我不能瞧着鸡们的争斗,因为"我不愿意"!

其实"我不愿意"也是鲁迅先生对于一切无聊行为的反抗态度。《野草》上明明的说着,然而人们都说"不懂得"。

我也不敢真说懂得,对于鲁迅先生的《野草》。鲁迅先生自己却明白的告诉过我,他的哲学都包括在他的《野草》里面。

我想养鸡,因为我爱吃鸡蛋。

我因为养鸡而想起爱养鸡的杜威(John Dewey)先生来。

杜威先生离开中国以后,我们大概对于他的最近的思想和生活都茫然了罢。这是麦柯(William MeCall)博士告诉我们的关于杜威的一件趣事。

杜威先生回国以后，在家中养了几只鸡。他爱拿他养的鸡所生的鸡蛋去送他的朋友。

他拿了几个鸡蛋去送他的同事哥伦比亚大学某教授。

某教授刚巧不在家。

杜威先生将鸡蛋留下，自己回来了。

后来某教授回家，仆人告诉他说："今天有个卖鸡蛋的送了几个鸡蛋来。"

某教授想了半天，才知道卖鸡蛋的原来是杜威先生！

麦柯博士曾告诉我们某教授的名字，可惜我一时忘记了，记不起某教授的名字来。

这自然是杜威先生的趣事。我之养鸡，并不是想媲美杜威先生。杜威先生养的鸡多，所以生的鸡蛋还可以送人；然而我只有一只鸡，我送给 Amy，因为我的鸡养在伊的家中，生出蛋来还是我吃。

我是贫者，没有余蛋送给旁人。

十四，四，三〇

记濮永昶的词

近来在《金陵词钞》中看濮永昶的九十九首词,觉得他的确是清代的一个很好的白话词人。我因为濮永昶的名字似乎很少人知道,所以在这里略略的介绍一下。

濮永昶,字春渔,溧水人。他是咸丰九年(1859)的举人,同治四年(1865)的进士。他曾做过随州的知州。他生在清末,正当内忧外患纷来的时代。咸丰九年(1859)僧格林沁破英法兵于大沽。十年(1860)英法两军破天津,入北京,咸丰帝避难热河,那时洪秀全正扰乱南方。十一年（1861）官军克复安庆。同治二年（1863）左宗棠定浙江，三年（1864）曾国藩克复金陵，秀全自杀。濮永昶有《惜余春》（甲子，十二月，叶县题壁）的词，下半首写那时代的情景：

> 又况是战血模糊，凶风浩荡，满地虎狼成对。几人马上，将相王侯，已是毛锥不贵。尽道名酣利酣，我敢独醒，天胡此醉？偏尝些苦辣酸咸，留待回甘一味。
>
> 《词钞》卷七，一页

他的词时常不避白话句子，我们在《惜余春》的末句便可看出。濮永昶虽生在清末内忧外患民不聊生的时代，但他的最好的词却是情词。近来很有人提倡血与泪的诅咒文学，厌恶婉转呻吟的情诗。但我们以为在人类本能方面，性欲实在和食欲有同样的重要；恋爱的呻吟的声音，同血与泪的诅咒的声音，在文学上占同样的价值，有同样的重要。我们现在且看濮永昶的情词：

> 甚名花，难称意。百样娇嗔，百样将人腻。一任人猜心上事，问了无言却又盈盈泪。
>
> 脸销红，眉敛翠，浪说同心只有愁难替。除却

埋愁无别计,寻遍人间没个埋愁地。

《鬓云松令》,《词钞》卷七,三页

"除却埋愁无别计,寻遍人间没个埋愁地。"这两句词何等沉痛!何等动人!但我们可以决定不是那些呆笨的文言词藻所可写出的。最妙的却是《河满子》一词:

消息声声钗钏,光阴寸寸鞋尖。不信天涯真个远,算来只隔重帘。琐碎零香剩影,无端付与泥黏。

心上丁香结子,几回欲解还钳。试问工夫间也未,口头格外矜严,手摩桃瓤梅核,人儿各自酸甜。

《词钞》卷七,七页

还有那纯粹的白话词,如:

偎频迥眸小语骇,几回贪恋几回猜,不曾中酒软台台。紧护春寒防转侧,为劳将息互安排,贴侬心坎贴郎怀。

醒也欢娱睡也甜,衾窝真个暖香添,手搓裙带当花拈。好梦模糊偏耐想,春光漏泄不能瞒,眉头尖又指头尖。

《浣溪纱》四首之二,《词钞》卷七,十二页这两首词描写得多么宛转,多么细腻;要是给提倡道德的胡梦华看见,又要骂它是不道德的情词了!

近来的诗人犯了一个大毛病,便是直率的抽象的乱写。有许多新诗,照我们看来,只可算是白话,不能算得诗。我现在且举出一个极端的例子:

> 南通的文明,
> 不过生活程度的增高。
>
> (缪金源《南归杂诗》,二十四首,
> 十,二十,《晨报副刊》)

缪君的杂诗也有几首是我所爱读的,但我不得不大胆的说一句,上面的诗是一句很平常的话,不能算是诗!我们读濮永昶的词应该得着一种教训,做诗的人不妨用平常的事实,但同时却应该有浓厚的情感。我们且看濮永昶的词:

> 眉月伴三星,历历成心字。月下刚排雁影斜,心上人儿是。
>
> 月又向西沉,雁又从南去。暮雨楼空不见人,化作心头泪。
>
> 《卜算子》,《词钞》卷七,六页

这首词看来很寻常,却有异样的说不出的美。我们应该懂得此词的妙处,然后才不致做出那直率的诗!

据《金陵词钞》的小注上说,濮永昶著有《珠雪龛词钞》,我曾花了一天的工夫,找遍了琉璃厂的书店,终于没有找得。他死后不过几十年,他的词钞竟几乎绝迹,不是《金陵词钞》选的九十九首,我们几乎不知道这个好白话的大词人了!我现在且举出吴虞《秋水集》上的两句诗,做这篇短文的结束:

    我论诸家还一叹,
    古来佳作半无名!

十一,十一,十四,早

记石鹤舫的词

石鹤舫,安徽绩溪人。生当前清道光季,其生平事迹不甚可考。著有《鹤舫诗词》一卷,胡适之先生曾藏有钞本。数年前,余偶然与胡先生谈起有清一代的词,提到世人所崇拜的纳兰性德,先生昂然曰:"纳兰性德的词远不如我们绩溪的石鹤舫。"可见先生推崇鹤舫之深。其后,余曾见残本《鹤舫诗词》,为道光庚子(1840)扫花山房所刊。卷首有婺源齐彦槐一序。扫花山房不知为何处书坊,此残卷之《鹤舫诗词》实为海内孤本矣!当时曾将所爱读之词,钞录十余首。齐彦槐谓鹤舫之词

"有南唐宋人遗韵",信为知言。今仅钞录数首,如下:

步蟾宫·旅感

晓风料峭鸣窗纸。乍睡醒,乳鸦声里。思量幽梦忒匆匆,只恋着枕儿不起! 春花秋月如流水。怕回首,愁罗恨绮。别时言语在心头,哪一句依他到底!

酷相思·忆别

杜宇声声花满地,尽提起伤心事。记暗递香罗挑锦字,一半是相思谜,一半是相思泪。 拟托新词传别意,奈未便将书寄。更暮暮朝朝风雨细。待醉也如何醉?待睡也如何睡?

太常引·鹧鸪

江南都爱好烟波,偏汝惜蹉跎。谁不是哥哥?是哪个殷勤教他?似闻说道:有人为我,青鬓暗消磨。便算汝情多,问听得人儿奈何?

江城子·春日旅感

东风吹我落天涯。好年华,不还家。枉费许多情泪送琵琶。心迹近来何所似?墙上草,路旁花。

故园回首隔烟霞。树交加,竹横斜。未识何时归里钓鱼槎。来往水村山市里,书可借,酒能赊。

(附记)

这篇小文为六七年前在北京时的日记中的一节,后曾钞出发表于《暨南周刊》。关于石鹤舫的历史，尚待考据。我希望将来有替石鹤舫作评传的机会。替石鹤舫作序的齐彦槐，从《中国人名大辞典》（第1412页）查得其小史如下：

> 清，婺源人。字梦树，号梅麓，又号荫三。嘉庆进士，授庶吉士，选金匮知县，有治绩，尝建海运议于苏抚陶澍，得旨优奖，以知府候补。罢官后，侨寓荆溪。精鉴藏，工书法，为诗出入韩苏，尤长骈体律赋，有《双溪草堂诗文集》，《书画录》，《天球浅说》，《海运南漕丛议》等书。

一九二七年十月二十日记

柏克赫士特女士

一

最近几十年来,世界上有两个女子在教育方法上有重大的发明,在教育制度上有特别的贡献。伊们的地位,在未来的教育史上也许竟和卢梭(Rousseau)、福禄培尔(Frobel)一般的重要、伟大、光荣。这两女子,一个是意大利的孟特梭利(Maria Montessori)女士,一个是美利坚的柏克赫士特(Helen Parkhurst)女士。

孟特梭利教学法(The Montessori Method)自美国

纽约的《马克罗杂志》(*The MeClure's Magazine*)于一九一一年五月号及十二月号，又一九一二年之五六月两号陆续讨论后，已引起美国以及各国之注意。一九一二年 Anne E. George 女士复将"孟特梭利教学法"译成英文，风靡全世界。我们教育不发达的中国，也已将孟特梭利的教育学说陆续的介绍了一些过来。"自动主义"的名词已经在国内风行一时，我们可以不必多说。我现在且来谈谈达尔顿制的发明者柏克赫士特女士——今年受"中华教育改进社"之请将于六月间来华的柏克赫士特女士。

柏克赫士特这番到中国来，表面上虽说是中华教育改进社请的，其实是柏克赫士特女士自己愿意来的。我们贵国虽然是一打起仗来便花下几百万几千万，我们的军阀虽然是有钱买炮，买炸弹，买飞机，买无烟火药。然而我们的教育界是教员索薪，学校关门，自己挣饭之不暇，哪里还有什么余钱请欧洲、美洲的什么男教育家、女教育家呢！

诸位留心看报的人大概总可记得，去年有一次曾说起柏克赫士特女士于四月间到日本讲演，顺便到中国奉天一行。那时在美国的王卓然君曾为此事寄了一个通信在《京报》上。国内教育界热心达尔顿制的人，大家都望穿秋水了，然而柏克赫士特女士到底没有来！无缘呀，我们寂寞的中国，去年竟请不到柏克赫士特女士。她到日本讲演后，因为身体不舒服，所以匆匆回美了。这令我想起那年到日本讲演的相对论发明者恩斯坦博士。蔡元培先生正在这里找大房子要容下三四千人听讲演的地方，他曾问我是否我们古庙里的正殿能容得三四千人听讲。然而蔡先生正在这里兴高采烈的预备讲演厅，恩斯坦博士却匆匆由日本回德去了。那时热心相对论的人都十分失望，一个自命为"小恩斯坦"的朋友曾咨嗟叹息地对我说起。柏克赫士特女士去年不能到中国来，许多热心达尔顿制的人们一定也十分失望吧。那时曾有人到处发信请大家招待柏克赫士特女士，结果是闹了一场空忙！

然而柏克赫士特女士终于要到中国来了。我们中国因为天灾人祸无力请她，她却自己来，自己拿出来往的川资。她请了一个陪她同来的书记，这书记的薪水和盘费也是她自己出。她觉得中国是可爱的，中国古代的文明也曾给了西方很大的影响。她爱和平的中国人，爱中国古代的美术。她觉得达尔顿制在中国有了试验，有了萌芽了，她总想亲自来看看。我们这个达尔顿制的母亲对于她的孩儿达尔顿制在中国这样天灾人祸的国家里生长，终觉有点放心不下。她每年只有暑假有空闲时间，她便在今年抽点时间来帮助中国。她已经决定今年六月二十五日从 Vancour 动身，大约七月间到中国。在那荷花含笑，夏蝉迎风而鸣的时节，我们的达尔顿制的母亲柏克赫士特女士要站在我们沙漠的国土里，对着我们微笑了。这是怎样可喜的事呀！

我们总说美国是一个经济侵略的国家：他们有的是商品，商品，商品，他们要的是金钱，金钱，金钱。我们的同胞们正在这里高唱打倒帝国主义，我们的同胞们正在这里痛心疾首于留美学生之卖国卖家，我们的同胞们正在这里反对美国在中国设立的种种教会学校。然而最近十余年，美国曾跑进中国几个学者，美国曾输入中国许多文明：自杜威（John Dewey）来而实验主义在中国才占了地位；自孟禄（Paul Monroe）来而教育调查方始盛行；自麦柯（William MeCall）来而心理测验才有了基础；自推士（Georeg Twiss）来而中国才有了科学的教育考察。我们更可以说，自柏克赫士特女士来而中国的达尔顿制才有了指导。我不是留美学生，我也不是什么亲美主义者；但我可以说，我们的留美学生虽然只会站在会场上，大呼"是哥仑比亚（Columbia）的，来呀！"然而最近十余年来，美国的确也输入了中国不少文明，不仅是电灯、电话、轮船、火车的物质文明，并且还有极纯粹、极新奇的精神文明。我们也可以说，最近十余年来，没有一国有美国这样输入了中国许多学术，发生了这么多的影响。至于这些影响是好是坏，这些学术是肤浅是高深，以及美国的学术在中国未来的学术史上要占若何的位置，这又是另外一个问题。

二

我们谈起柏克赫士特女士，自然便想到她所发明的达尔顿制。达尔顿制是"一种教育改组的方法"（A way of educational reorganization）。达尔顿制是对于现行的"年级制"采一种革命态度的。我们且先谈年级制的弊病。

年级制从 John S. Comenius 极力提倡以来，也有了三百余年的历史。现在世界上的学校，大都采用年级制。吾国自清代光绪变政，设立学校，同时年级制也输了进来。年级制是以教员为中心，以教科书为工具，聚智愚不同的学生于一级，不问学生的个性，使他们同时学一样的功课，在一个教室内听讲。聪明的人嫌教师教得太慢，呆笨的人嫌教师教得太快。聪明的人只得坐在课堂上打瞌睡，看小说，混时间，等着呆笨的人的追赶；呆笨的人却整日整夜的忙着，连吃饭、睡觉、如厕都没有工夫，结果还是追赶聪明人不上。所以有一次胡适之先生同我们一班小朋友说笑话："你们也想进学校吗？我以为学校是为呆笨人而设的。"对呀，现在所谓年级制的学校，的确是为呆笨人而设的，一本陈文编的《算术》，聪明的学生只要两个月就演完了，学校里偏要教上一年半载；一部顾颉刚编的《初中国文》，聪明的学生只要半年就可读完了，学校里偏要教上三年四年。况且在同一时间内，一定要强迫许多学生听同样的干燥无味的功课，所以有时教员正在堂上津津有味的讲"修身而后家齐，家齐而后国治，国治而后天下平"，学生的头脑里，也许竟在想"贾宝玉初试云雨情"，"景阳冈武松打虎"。年级制的讲堂上的教员是一只猴子，他只顾站在台上玩把戏，也不知台下的人是在欢喜，是在厌恶。

达尔顿制是对于年级制的一种革命，一种反动。正因为大家都吃年级制的苦吃够了，正因为大家痛恨年级制已到极点了，所以达尔顿制自柏克赫士特女士提倡以来，不过四五年，已风行世界各国。但是我们研究过教育史的人，总应该知道，每一种的教育制度与方法，决不是从天上掉下来的；每一种制度与方法都有它的发展的程序。达尔顿制也不是柏克赫士特女士从地到天的空想出来的，它是"杜威的教育说"的应用，它是"孟特梭利教学法"的扩充与改进。

我们知道柏克赫士特是私淑杜威而受业于孟特梭利之门的，她的思想当然免不了受他们很大的影响。杜威曾到吾国讲演，他的教育哲学，自然知道的人很多。他生在民主主义（Demoncracy）的国家，况且他又是实验主义者，所以他的教育学说，一方面注重个性的自由发展，一方面又以为学校生活，就是社会生活。孟特梭利教学法，以自由为根本基础，其实她所主张的"自由论"，其思想的根源是从卢梭来的。卢梭主张"社会自由"，孟特梭利则主张"普遍自由"（Universal Liberty）。卢梭绝对排斥一切的知识和书籍，大声疾呼的高唱"返于自然"，把所有的教育制度，根本攻击得不留余地。西洋的教育学说，可以说是卢梭以前是一个天地，卢梭以后又是一个天地。从卢梭以至杜威、孟特梭利、柏克赫士特，其根本教育思想都有线索可寻。

我现在不能多谈这些教育进化史上的许多空洞问题，这些问题只好让中国的未来的"孟禄博士"做教育史的时候，再来细说。我们现在且讨论柏克赫士特女士的达尔顿制的根本原理。

我们研究达尔顿制的根本原理，把柏克赫士特女士在她的著作中所说的话，归纳起来，可以得以下三条原理：

一、自由研究。许多人总以为柏克赫士特女士所谓自由是放纵的、无限制的、无范围的，其实是大谬不然。柏克赫士特女士自己说得好："喜欢做什么便做什么的小孩，不能算是自由的小孩。"达尔顿制中所谓自由，是让学生有自由研究科学的机会，使每个人都有机会表现他的天才的真相，没有时间表的限制，不限定于某一时间要强迫他学习某种干燥无味的科学。我们研究心理学的人，当知道没有自由便不能引起兴味，没有兴味便不能引起努力。达尔顿制中的自由研究，是让学生对于每种功课都有学习的兴味。达尔顿制中的教员是看守者（Watcher）和助理者（Helper），不是指挥者（Dictator）和向导（Cicerone）。孟特梭利的教学法是以自由为基础的，达尔顿制也一样的以自由为基础。

二、协力合作。杜威女士（Evelyn Dewey）说：柏克赫士特女士的意思，是以学校为社会学的研究室（The sociological laboratory）而富于团体生活的组织。这种思想完全是受杜威教育学说的影响的。学校不但为将来适应社会的预备，学校应该使环境与组织成为实际的社会。社会不是个人能单独生活的，多数单独的个人不能算是社会生活。社会所以能成立，在于个人能互相合作，互相扶助。达尔顿制是以学校为社会生活的实验。所以学校中有许多集会，学生有学生的集会，教师有教师的集会，各科有各科的集会。无论哪一科，哪一个学生,哪一个教员,都有互相联络的机会:互相批评、互相研究、互相讨论。况且没有赏罚、升级、留级种种荣辱问题,所以学生们自然也不致互相猜忌、互相捣乱、互相虚伪。所以在达尔顿制底下的学生,是真能发展"协力合作"的精神。

三、先知后行。中国的王阳明提倡"知行合一",孙中山以为"知难行易",柏克赫士特女士教人"先知后行"。达尔顿制教人学习功课,先由教员给他一个中心的概念,一个研究的范围,一个学习的方法。我们研究心理学的人,应该知道每一个思想,先有一个概念,然后分析这概念的种种事实,成就一个普通的真理。达尔顿制教人学习,是采用这种原理的。所以有课程指定,使学生知道应学何科,何科有何种的功能。从前的教师只是糊糊涂涂地教学生去学,某时学国文、某时学算术、某时学地理,却丝毫不将某科的清楚的概念告诉学生。这种被动的、依赖的、糊涂的、奴隶的求知识方法是不对的。达尔顿制的使学生求知识,是自动的、独力的、创造的。它不但使学生勇猛精干地去行,却先使学生先知何以去行的原因。先知后行是达尔顿制的第三种原理。

但是达尔顿制的特长,不在它的原理而在它的方法的应用。"自由研究"、"协力合作"、"先知后行"这些普通的原理凡是近代的孟特梭利教学法、设计教学法,以及种种的试验学校所同具的。达尔顿制所以能风行世界在于它的方法的应用,一种对于年级制的革命方法。我们在下节且讨论达尔顿制的应用。

三

我们来谈谈柏克赫士特女士的达尔顿制的特长。达尔顿制与旁的新式教育法不同的,就是它的"实验室"。年级制是每一年级一个教室,达尔顿制是每一科一个教室;柏克赫士特女士不叫它做"教室",叫它做"实验室"。实验室是学生求知识的工场,是学生互助和协作精神表现的场所。某科的实验室,凡关于某科的参考书籍,应用仪器,全都放在里面。那里也有黑板,同旧式教室一般的。那里也有教员,但那里的教员是居于指导的地位,一切功课都由学生自己实习,教员只是站在旁边。学生遇有不懂的地方,自然也可问教员,教员发现学生有谬误的地方，自然也可随时指导学生。那里的学生自己都是实验者，没有旧式制度的依赖、欺骗、敷衍等恶习惯。那里的学生都有完全自由，但因为有了自由，也就有了兴味；有了自由，也就有了责任。在那里的学生都不能不用思想。叔本华（Schopenhauer）赞美思想，反对读书；以为思想是自己跑马，读书是让旁人在自己脑里跑马。叔本华的话虽然偏激，但里面实在也有千古不灭的真理。要学生去读死书是不行的，要学生把老师的话牢牢的记着也是不行的。在旧式教室内，只许教员在堂上讲话，只要学生在堂下静听，真活像教员在学生脑里跑马。朱熹说："学源于思"。他的话是很对的。达尔顿制的好处，就是能让学生自由思想。旧式制度有教室，有自修室，与图书馆。大概以为教室是教员教授的地方，自修室是学生自己学习的地方，图书馆是学习参考书籍的地方。达尔顿制的实验室，只有一个实验室，便可以免去教室、自修室等种种麻烦。所以就设备方面说，也极经济。从前的教室里，学生总要每人一张桌子，一张凳子。但在达尔顿制的实验室里，只有几张长桌，几张长凳，便可省却许多无用的木料家伙。从前年级制每一级要一个教室,年级愈多,教室也愈多。达尔顿制的实验室,有时竟可容几百人以至一千人。况且性质相同的科,也可以联络起来,在一个实验室里。在我国这样贫穷的教育界里,实行达尔顿制也是救穷的一种绝妙方法。

杜威女士说得好:"达尔顿制学校的学生,无论工作和游玩,皆须自我支配(Self-direction)、自我训练(Self-dicipline),同校外独立生活一样。"但是达尔顿制学校中的功课,却由教员预先制定的。至于功课制定的方法,是用一种纲目(Syllabus)或者指定范围(Assignment)。在达尔顿制的学校里,每一"学年"(School year)上课时间,只有四十个星期。每一个指定范围为四星期,因为星期六与星期日皆无功课,所以每一范围只有二十日,称之为学月。每一范围之中,应该学什么功课,参考什么书籍,都由教员预先计划出来,悬在实验室外的"布告栏"上。每一个学生,每四个星期学习什么功课,应该在他的选修科目单上,签一个名字,这在达尔顿制叫做"工约"(Contract)。一个工约学习完了,应该可换新约。

在达尔顿制的学校里,每天上午为"自由学习时间",下午为"团体会议时间"。在上午自由学习时间里,学生可按照他所选的功课,自由在实验室里学习,他所选的"普通学科"(The Academic Subject)如国文、算学、地理、历史等科,他可以依自己"兴味的限度"(The Interest Span)定自己工作的时间。他今天上午爱学国文,他便可以跑到国文实验室里去;爱学地理,便跑到地理实验室里去。他自己可以在一个上午学习一种功课,也可在一个上午学习两种功课,也可在一个上午学习三种功课。最要紧的是学生每次离开实验室前,都应该把他自己每日所做的成绩算一算,记在教师的"分科图表"(The Teacher's Subject Graph)上面。

下午的会议有几种,有"学生会议",有"分组会议"等等。这些会议之目的,在发达团体的自觉心与创造性。学生会议是学生把自己的成绩互相报告、互相讨论。在分组会议的时节,教员可把学生功课上错误的地方,详细说明,以供学生讨论。在达尔顿制的学校里,凡随意学科如手工、体操、美术等科是在下午举行的。这些科目有由学校划定时间,而且也有分班学习的。

关于达尔顿制的实际应用，真是复杂而且精密，千言万语也说不尽，能看英文书的人，最好是看专书。以上所说，只是一个简单而又粗浅的报告。

四

我们都知道柏克赫士特女士的达尔顿制是在 Maussachussetts 的"达尔顿中学校"(The Dalton High School)开始实行的，本来应该叫做"达尔顿实验室制"(The Dalton Laboratory Plan)。"达尔顿"的名词是由"达尔顿中学校"借用来，"实验室"的名词是从一本书里找来的。这正和我们《语丝周刊》的"语丝"二字是从《我们的七月》的一首诗上随便翻着的。天下事无巧不成话！一九〇八年那一年，柏克赫士特女士因为读了 Edgar James Swift 的一本 *Mind in the Making*，大受感动，在那里面找着"教育实验室"一个名词。但是实验室这个名词是这样容易找，实验室的发明却并不这样简单。我们知道达尔顿制是一九二〇年二月，柏克赫士特女士在达尔顿中学校才开始实行，到现在刚刚五年。但是柏克赫士特的革命精神，对于旧式制度的反动思想，在十余年前已经蕴藏在心里。积十余年的革命精神，积十余年的努力奋斗，积十余年的研究经验，柏克赫士特女士的达尔顿制才完全告成。我们的肤浅的教育家看呵！你们只是在国内的中学大学毕过业，只是在国外的哥伦比亚，什么剑桥打过滚，只是在什么杂志报纸上发表过几篇论文，你们也配做教育家吗？你们只是偷窃一点学理，翻译两本书籍，开创几个野鸡学校，你们也就满足了吗？没有革命的独创精神不能研究文学，不能研究哲学，不能研究教育，也不配做人。柏克赫士特女士于一九〇四年起，开始为小学教员。小学教员是教育界中最苦的买卖！柏克赫士特女士的学校，学生有四十余人，程度又极不齐，共分八级教授。她一个要教八级的学生，自然是尝尽千难万苦。但是艰难困苦在懦弱无能的人看来自然是畏途，在富于革命精神的人看来，是给他一个改革的好机会。因为那里的教室很少，她便把那里的储蓄室改为教室，叫学生在储蓄室里工作，把储蓄室分为几部分，各科分开工作，在储藏室的角上标明。因为那里没有操场，她便把那里的大厅、花园改成游戏场。她这种种方法都是她自己特创的，也就是后来达尔顿制的开端。但是这种独自发明的方法，同旧的办法不同，社会是到处一般顽固的，那里的顽固社会，自然极端反对。柏克赫士特却并不把这种顽固社会放在眼里。她只是昼夜努力于学校内部的改良，疲精劳神于她的各科教学，所以学期终了，学生们的成绩都很好。学生们很好的成绩，足以打破社会上一切顽固的迷信，所以后来学生的数目也忽然增加。这种情形自然增加了柏克赫士特女士许多勇气。一九一一年她就开始为八岁至十二岁的小孩拟定一种"教育实验计划"。当时的教育界中人们对于她的计划还很怀疑，学校中也不许她去试验。她只能在街道巷口找一班同道的学生口头提倡。直到一九一三年，这种计划才已经成熟，她的目的也换过方面来，她知道改革不是一点一滴地头痛医头、脚痛医脚能成功的，她的精神注重在学校生活的改组。她的目的是要教师能发挥个人特别的长处，学生能够自由发挥个人特别的个性，使聪明的人与呆笨的人都能够自由发表他的特别个性。她想把学生分作若干组，让每组的学生自由选择一个实验室。她自己便作他们实验室的监督。这样的研究，直到一九一四年。那时孟特梭利的教学法正在轰动一时，她便到意大利研究孟特梭利的教学法。达尔顿制中的自由原理，自然受了孟特梭利学说的不少影响。一九一五年她作孟特梭利的助手。一九一九年她就职于"儿童教育院"，她在那里注意教育上的个性问题。是年九月她应她的朋友 Mrs Murray Grane 的请求，在 Berkshire Cripple School 实际实验她的计划。她在那里创造一种现在达尔顿制所通用的"成绩计算表"（Graph System）。后来柏克赫士特女士的名声渐渐大起来了，那些顽固的教育家，顽固的学校教员，也不得不睁开眼来看看她的新办法了，所以从一九二○年她应达尔顿中学校校长 Mr. Fackman 之招，在那里开始试验，便即刻轰动世界。后来英国 Rennie 女士到达尔顿中学参观，对于达尔顿制极为赞美。回国后便设立一个女中学校，实行达尔顿制。柏克赫士特女士复到英国讲演，英国教育界对于达尔顿制极为热心，一九二二年六月在 Bristol 举行"达尔顿大会"。现在英国已有两千多学校实行达尔顿制，各国莫不风起泉涌，达尔顿制的中小学校林立。去年柏克赫士特女士到日本讲演，今年柏克赫士特女士将到中国讲演，将来中国的中小学校要达尔顿制化是无可疑的。伟哉柏克赫士特女士！我要用梁启超赞美罗兰夫人的油滑笔法赞美她：柏克赫士特女士何人也？她为达尔顿制而生，达尔顿制因她而生。柏克赫士特女士何人也？她就是达尔顿制，达尔顿制就是她。柏克赫士特女士何人也？她是达尔顿制的母亲，达尔顿制是她花了二十余年的辛苦养出的一个宠爱的孩儿！

达尔顿制可适用于中小学，无论学校之分为小学中年级及初中部、高中部，与夫四年制之中学，皆可采用。将来的进步是不可推测的，也许将来的大学都达尔顿制化。但是达尔顿制发明刚刚五年，它的思想虽然是丰满康健，然而实际上的困难也很多。杜威女士说得好："教育不是静止的东西，须随人类的知识与社会的情形而变迁进步。人类发展一天，教育也发展一天！"吾国从科举废、学校兴后，一切教育制度完全是抄袭旁人的。起初是抄袭日本，现在又抄袭美国。人家谈设计教学法，我们也谈设计教学法；人家谈达尔顿制，我们也谈达尔顿制。甚至以为达尔顿制就是吾国古代的讲学制，就是吾国近代的私塾制。这种抄袭而又附会的教育是死的、空的、形式的、乌烟瘴气的。我们应该知道达尔顿制也是不可抄袭的,达尔顿制的实际情形是随地不同。达尔顿中学的达尔顿制,不同于伦敦市立斯垂三中学(London County Secondary School Streathan)的达尔顿制,也不同于纽约的儿童大学(Children University School)的达尔顿制。柏克赫士特女士是一个教育方面的革命人物,我们应该得着她的革命精神。我以为,我们有一千个形式的达尔顿制的学校,不如有一个学校能得着柏克赫士特女士的革命与试验的精神;有一千个人死心塌地做柏克赫士特女士的奴隶信徒,倒不如有一个能够对于达尔顿制的原理有彻底的怀疑与评判;有一千本抄袭的翻译的达尔顿制的书籍,倒不如有一篇论文能够指出达尔顿制的困难和缺点。这样,我们总算不辜负柏克赫士特女士远道来华的一番好意。

(附记)

我这次的确冒了一个大险,十日前告诉伏老作一篇文介绍柏克赫士特女士,因为我真受了她的感动。她曾对人宣言过:"I do not expect even one cent from China"。我真奇怪:这样腐烂的中国,柏克赫士特女士为什么竟这样热烈地爱它!我是一个爱好文学的人,教育书读得很少。这篇小文全是人云亦云,毫无心得,自然也不能把柏克赫士特女士的思想与精神活泼泼地说出。列位懂得英文的人，我且把案头借来的几本参考书介绍给你们：

Helen Parkhurst：

Education on Dalton Plan.

Evelyn Dawey：

The Dalton Laboratory Plan.

Roman：

The New Education in Europe.

Parker：

The History of Modern Elementary School.

Maria Montessori：

The Montessori Method.

十四，四，二十一

他们尽是可爱的!

我总觉得,我所住的羊市大街,的确污秽而且太寂寞了。我有时到街上闲步,只看见污秽的小孩,牵着几只呆笨的骆驼,在那灰尘满目的街上徐步,来往的车马是零落极了。有时也有几辆陈旧的洋车,拉着五六十岁的衰弱老人,或者是三四十岁的丑陋妇女,在那灰尘当中撞过。两旁尽站着些狭小的店铺,这些店铺我是从来没有进去买过东西的,门前冷落如坟墓。

"唉,这样凄凉而寂寞的地方!"我长嘘了一口气,回到房里。东城,梦里的东城,只有她是我生命的安慰者：北河沿的月夜，携手闲游；沙滩的公寓里，围炉闲话；大学夹道中的朋友，对坐谈鬼。那里，那里的朋友是学富才高，那里的朋友是年青貌美，那里的朋友是活泼聪明。冬夜是最恼人的！我有时从梦中醒来，残灯未灭，想到那如梦如烟的东城景象，心中只是凄然、怃然，十分难受！

记得 Richard C. Cabot 在他的 *What Men Live By* 一书中，曾说到人生不可缺的四种东西——工作、爱情、信仰与游戏。然而我，我的生命里寸步不离的伴侣，只有那缠绵不断的工作呵！我是一个不相信宗教而且失恋的人。说到游戏那就更可怜了。这样黑暗而寥落的北京城，哪里找得正当游戏的地方？逛新世界吗？逛城南游艺园吗？那样污秽的地方，我要去也又何忍去！

我真觉得寂寞极了。我只有让那做不完的工作来消磨我的可怜的生命。

说来也惭愧，我在羊市大街住了一年，竟没有在左近找着一个相识而且很好的朋友。我是一个爱美爱智的人，我诅咒而厌恶那丑陋和愚蠢。这羊市大街的左右，多的是污秽的商店和愚蠢的工人和车夫，我应该向谁谈话呢？

然而我觉悟，现在已觉悟了。美和智是可爱的，善却同它们一般的可爱。

为了办平民读书处，我才开始同羊市大街的市民接触了。第一次进去的，是一个狭小的铜匠铺。当我走进门的时候，里面两个匠人，正站在炉火旁边，做他们未完的工作。他们看见我同他们点头，似乎有些奇怪起来。"先生，你来买些什么东西？"一个四十几岁的铜匠，从他的瘦黑的脸色中，足以看出他的半生的辛苦。我含笑殷勤地这般对他说："我不是买东西的，我是来劝你们读书的。你愿意读书吗？我住在帝王庙。你愿意，我可送你们四本书，四本书共有一千字，四个月读完。你愿意读，你晚上有功夫，我们可以派人来教你。"他听完我的话以后，乐得几乎跳起来了。"那是极好的事！我从小因为没有钱，所以读不起书。唉，现在真是苦极了，记一笔账，写一封信，也要去拜托旁人。先生，我愿意，我的徒弟也愿意，就请你老每晚来教我们罢。只是劳驾得很！"我从袋里拿出四本《平民千字课》，告诉他晚上再来，便走出铜匠铺了。他送我出门，从他的微笑里，显出诚恳的感激的样子。我此时心中真快乐，这种快乐却异乎寻常。The happy are made by the acquisition of good things，比寻些损害他人利益自己的快乐高贵得多了。我是从学生社会里刚出来的人，我只觉得那红脸黑发的活泼青年是可爱的，我几乎忘记了那中年社会的贫苦人民，他们也有我们同样的理性，同样的感情，同样的洁白良心，只是没有我们同样的机会，所以造成那样悲惨的境遇。许多空谈改革社会的青年们呵！我们关起门来读一两本马克斯或是克鲁巴特金的书籍，便以为满足了吗？

如果你们要社会变成你们理想的天国，你们应该使多数的兄弟姊妹懂得你们的思想。教育比革命还要紧些。朋友们，我们应该用我们的心血去替代那鲜红的热血！我此时脑中的思想风起泉涌，我又走进一个棺材铺了。一进门，看见许多的大小棺材，我便想起守方对我说的："看见了棺材，心中便觉得害怕起来。"但是，胆小的朋友呵！我们又谁能够不死呢？Marous Arelius 说得好："死是挂在你的头上的！当你还活着的时候，当你还有权力的时候，努力变成一个好人罢！"这是我们应该时时刻刻记着的话。那棺材铺中的一个老头儿,破碎的棉袄,抽着很长的烟袋。他含笑地对我说:"先生,请坐。"我此时也忍不住的笑起来了。我说:"我不是来买棺材的,我是来劝你们读书的。老人家,你有几个伙计?他们都认识字吗?""我没有伙计,只有一个儿子。哈哈!先生,我今年六十五岁了,你看我还能读书吗?"我的心中真感动极了。我便告诉他平民读书处的办法,随后又送了他两本《平民千字课》。他说:"很好!四个月能够读完一千字,我虽然老了,也愿意试试看。"他恭恭敬敬地端出一碗茶来给我,我喝完了茶,便走出门了。我本是一个厌恶老年人的,此时很忏悔我从前的谬误。诚恳而且真实的人们是应该受敬礼的,我们应该敬礼那诚实的老人,胜过那浮滑的青年!我乘兴劝导设立平民读书处,走进干果铺、烧饼铺、刻字铺,在几十分钟之内接谈了十几个商人,他们的态度都那么诚恳,那么动人,那么朴实可爱。

太阳已经没有了,我孤单单地回到帝王庙去。我仿佛看见羊市大街左右的店铺里尽是些可爱的人,心中觉得无限快乐,无限安慰。我忘记了这是一条污秽而寂寞的街市！丑陋和愚蠢是掩不了善的存在和价值的。美和智能给人快乐，也能给人忧愁。只有善才是人生最后的目的，也是最大的快乐！我走进自己的房里，将房门关起来，呆坐在冷清的灯光面前，什么忧愁都消灭了。只有那与人为善的观念，像火一般的燃烧在寂寞的心里。

      一九二三，十二，十七，晚

春　愁

都说是春光来了,但这样荒凉寂寞的北京城,何曾有丝毫春意?遥念故乡江南,此时正桃红柳绿,青草如茵。北京,北京是一块荒凉的沙漠:没有山,没有水,没有花。灰尘满目的街道上,只看见贫苦破烂的洋车,威武雄赳的汽车,以及光芒逼人的刺刀,鲜明整齐的军衣,在人们恐惧的眼前照耀。骆驼走得懒了,粪夫肩上的桶也装得满了,运煤的人的脸上也熏得不辨眉目了。我在这污秽袭人的不同状态里,看出我们古国四千年来的文明,这便是胡适之梁任公以至于甘蛰仙诸公所整理的国故。朋友，可怜，可怜我只是一个灰尘中的物质主义者！当我在荒凉污秽的街头踽踽独步的时候，我总不断的做"人欲横流"的梦，梦见巴黎的繁华，柏林的壮丽，伦敦、纽约的高楼冲天，游车如电。但是，可怜，可怜我仍旧站在灰尘的中途里，这里有无情的狂风，吹起满地的灰尘，冻得我浑身发抖，才想起今天早晨，忘记添衣。都说春光来了，何以仍旧如此春寒？我忆起那"我唯一的希望便是你能珍重"的话，便匆匆的回到庙中来了。我想，冻坏我的身体原是不要紧的，因为上帝赐给我的只有痛苦，并没有快乐，我不希罕这痛苦的可怜生命，但是，假如真真的把身体冻坏了，怎样对得起那爱我而殷勤劝我的朋友？

近来，我的工作的确很忙了，这并不是工作找我，是我找工作。《小物件》中的目耳马伦教士劝小物件说："在那最痛苦的生活中，我只认识了三样乐：工作，祈祷，烟斗。"烟斗是与我无缘的；祈祷，明知是一件无聊的事，但有时也自己欺骗自己，在空虚中找点慰安；工作，努力的工作，这是我近来唯一的信条。在这认识而且钦佩的先辈中，有两个像太阳一般忙碌工作的人：

一个是H博士，一个是T先生。H博士的著作，T先生的平民教育，已经成为他们的第二生命了。从前，我看见他们整日匆忙，也曾笑他们过："这两个先生真傻，他们为了世界，把自己忘了！"但近来我觉得，在匆忙中工作，忘了一切，实在是远于不幸的最好方法。我想，假如我是洋车夫，我情愿拉着不幸的人们，终日奔走，片刻也不要停留。在工作中便痛苦也是快乐的，天下最痛苦的是不工作时的遐想。只要我把洋车放下一刻，我看不过这现实的罪恶世界，便即刻要伤心起来了。朋友！这是我终日不肯放下洋车的原因，虽然在坐汽车的老爷们看来，一定要笑我把精力无用地牺牲，而且也未免走得太慢！

东城近来也不愿去了，一方面因为忙于工作，一方面还有个很小的原因，便是东城的好朋友们，近来都成对了。在那些卿卿我我的社会中，是不适宜于孤独的人的。拿眼儿去看旁人亲热地拥抱，拿耳朵去听旁人甜蜜地喊"我爱"，当时不过有些肉麻，想来总未免有些自伤孤零。所以我打定主意，不肯到东城去。近来工余的消遣，便是闲步羊市大街，在小摊上面，买两个铜子儿花生，三个铜子儿烧饼，在灰尘的归途中，自嚼自笑。想起那北京的文豪们，每月聚餐一次，登起斗大字的广告，在西山顶上，北海亭边，大嚼高谈，惊俗骇世，他们的幸福，我是不敢希望的，但他们谅也不懂得这花生和烧饼混食的绝好滋味！

最无聊的是晚上，寂寞凄凉的晚上。朋友们一个个都出去了，萧条庭院，静肃无声。我在那破书堆里，找出几本旧诗，吊起喉咙，大声朗诵。这时情景，真像在西山时的胡适之先生一样，"时时高唱破昏冥，一声声，有谁听？我自高歌，我自遣哀情。"近来睡眠的时候很晚，因为室内的炉儿已撤了，被褥单薄，不耐春寒，与其孤枕难眠，倒不如高歌当哭。但有时耳畔仿佛闻人悄道："我爱，夜深，应该睡了。"明知孤灯只影，我爱不知在哪里。但想起风尘中犹有望我珍重的人，也愿意暂时丢却书儿，到梦中去寻刹那间的安慰。

好梦难重作，
春愁又一年！

一九二四，三，二十二，早

鲁彦走了

偌大的北京城,一年以来,我每星期必到的有三个地方:一处是钟鼓寺,一处是后局大院,一处是东高房。但是如今,为了意外的变故,钟鼓寺是不能去了,后局大院是不愿去了,两星期以来,只有东高房的鲁彦那里,还可以暂时安慰我的寂寞的生命。

夕阳西下的时节,我坐着洋车,到东城去。晚风吹动我的头发,脑中显出许多的幻景:北河沿的月夜,断树的影子在灰尘中荡漾,我和伊携着手儿闲步。伊穿着红花格的棉衣,红绫面的鞋子。"好一个大孩子呵!这样满身的红的。"我含笑对着伊说。"你又笑我了。我也穿过白鞋,但我的妈妈要骂我,伊说穿白鞋是带孝的。"月光照着伊粉红的面庞,显出似嗔似羞的样子。"是大学生了,还相信妈妈的荒谬话。"我低声责伊,伊把我的手紧紧的握了一下,这是伊阻止我说话的表示,我只好忍住不响了。这是我最难忘记的一个月夜!从前,两星期以前,我坐在洋车上想起这些事时,总觉得前途有无穷的希望,好像天国就在目前了。但是如今,如今一想起这些事便心痛。我要哭了,只可惜没有眼泪!

"到东高房去!"车儿到了马神庙了,我便这么说了一句。鲁彦的影子仿佛在我的眼前。他永远是含笑的面庞,手里弹着琵琶。——"喂,又来了。为什么又发呆?哈!又想女子了?——不要想,让我弹一个好听的曲子给你听。"鲁彦是一个赤心的大孩子,他闷的时节,不是弹琵琶,便是睡觉,半年以来,他替爱罗先珂君做书记,受了爱罗君不少的影响,他的性格有些和爱罗先珂君相像。他们都是耐不住寂寞的人,他们最爱热烘烘的,他们永远是小孩子一般的心情。

"鲁先生出去了!"我刚走进门,公寓中的伙计便这么告诉我。我茫然上洋车，但不知道要到哪里去好——夜色苍苍地包围着我，没奈何回到寂寞荒凉的古庙里。

"章先生，信哪！"我还没有起来，仆人在房门外喊我。"把信拿进来让我看看……"仆人手里拿着一封信，还有一卷书籍。仿佛信封上是鲁彦写的字，我便连忙把它打开看了，"……这世界不是我所留恋的世界了，我所以决计离开北京……我爱上——是大家知道的。我向来不将心中的事瞒人，在去年我就告诉了许多朋友了，就是她的哥也知道。我明知这是梦，但我总是离不开这梦，我明知道她的年龄小，她的脾气不好，她的说话太虚伪。我明知道我不能和她恋爱，明知道不应和她恋爱，明知道不值和她恋爱。然而不知为什么，我总是忘不了她！我现在感觉万分痛苦……总之世界上的人是不能相爱的……我并不希罕什么生命和名誉。琵琶是我生死离不开的朋友，带去了。爱罗先珂的琴，可请周作人先生保留。爱罗君恐怕有回来的时候的。别了！"这真是天上飞来的事！我万料不到从来不谈爱情的鲁彦，竟为了很为难的爱情而一跑了之！鲁彦走了，我对于他的情史不愿多谈。也许鲁彦要给人们骂为不道德的。然而道德究竟是什么东西呢？戴着有圈眼镜的老爷们，以为中央公园内的男子同女子一块走路是不道德的；吃饱饭不做事的太太们，以为男子打电话给女子是不道德的；甚至于提倡新文化的有名先生，为了一个青年男子陪他的女儿去看戏要大发脾气；还有从外国留学回来的洋翰林，每天用包车送女儿上学时，要叫车夫严重的监视。哈哈！这就是道德！

我不忍用中国式的道德眼光来批评鲁彦，鲁彦的行为也许有可以议论的地方，然而我相信鲁彦的心是真实的，我爱真实的恶人，我不爱虚伪的君子！

还有一卷书也是鲁彦君寄来的。内中有一本世界语小说，是叫我代还周作人先生的。还有一本是鲁彦的诗集。鲁彦做的诗不多，他的诗多是真情的流露。他的诗发表的只有《文学旬刊》上的一首《给我的最亲爱的》。假如我有功夫，一定替他多抄几首诗拿出来发表，叫大家从鲁彦的诗中认识鲁彦的人格！

鲁彦的信是从天津寄来的。鲁彦现在是在什么地方呢？是在天津？是在南京？是在上海？我哪里知道！我总痴想他还在人间，只好静夜祷祝他平安罢。失恋人只有两种办法：一种办法是自杀，一种办法是忍耐。恋爱是世界上最大的事！如果有人因恋爱而自杀，我决不反对。因为我是相信 Love is better than life 的。卑鄙无耻的下流中国人！他们用金钱欺骗女子！他们用手段诱惑女子！在这样黑夜漫漫的社会里，如果有用性命去换得爱情的人，或是用性命牺牲爱情的人，都是难得可贵值得崇拜的。但总希望鲁彦没有自杀。因为暂时的失恋也许可以博得永久的成功的。Where is life there is hope, 鲁彦总应该知道罢。但我怎样能够叫鲁彦听见我的话呢？我把我的话写在纸上，我又怎样能够叫鲁彦看得见呢？

我的朋友中两个很相反的人，一个是思永，一个是鲁彦。思永好像冬夜的明月，鲁彦好像夏天的太阳。明月早已西沉了，太阳如今没落了。在我前面的只有黑漆漆的浮云。呵，我觉得寂寞！呵，我想我那不能见面的情人！

天呵！假如我再到东城，叫我还去找谁呢？

十二，八，六，晚二时

（附记）

鲁彦现在是儿女成行的人了。但，这篇小文也不妨留着，因为他究竟是"走了"过的。

　　　　　　　十八，四，一，衣萍记

不要组织家庭

——贺竹英、静之同居

从远远的江南传来的消息,知道竹英和静之在黄鹤楼畔已实行同居了。竹英这次不远千里的从杭州跑到武昌,为了爱情而牺牲伊的学业,为了爱情而不顾家庭和朋友的非难,在这样只贪金银和虚荣的中国妇女社会里,竹英这种崇高的纯洁的精神是值得崇拜的。像这样特立独行的女子,可算不枉了少年诗人静之三年来的相思!

半年以来,我除了那不得不写的一个人的信外,旁的朋友的信一概都疏了，关于静之的近况，也就十分隔膜。但时时闻道路上的传言，说是竹英静之的爱情已经淡薄。我虽然不曾写信给静之，然而我的心中是很替静之痛苦的，因为我是一个受过失恋痛苦的人，懂得失恋的难堪滋味。后来胡博士北返，在中央公园偶然闲谈，才知道竹英和静之的爱情还是像火一般的热。到那时，我已明白那不幸的消息全是幸灾乐祸的人们假造出来的。把旁人的流泪的事实来当作茶余酒后的笑谈，这原是残忍的人们的恶根性。在地球没有破灭以前，人们这种下流的恶根性也许不会有铲除的希望罢！

我这番知道竹英和静之同居了，自然是非常欢喜，但一方面也有点害怕。我曾亲眼看见，许多恋爱的青年男女，一到了同住以后，男的便摆起丈夫模样了，女的也"只得努力做一个好家婆"了，过了一两年生下了小孩，便什么爱情也消灭了，所谓以恋爱结合的男女，其结果竟同旧式婚姻一般。这是我非常痛心的！我希望，希望竹英和静之他们俩能够永远保持现在这样崇高的恋爱的精神——中国的社会实在太沉闷了，整千整万的人们简直在一个模子里面生活，他们永远不会知道模子外还有世界。竹英和静之对于他们的旧家庭大概没有什么关系了,我更望他们不要组织什么新家庭,我是根本反对什么家庭的,就这样亲亲切切地恋爱,就这样勤勤恳恳地工作,就这样浪漫地愉快地度过这几十年的有限人生,也尽可满足了。朋友们,这条浪漫的恋爱的自由道路上,你们俩如能携着手儿走去,你们不要嫌寂寞呵,看,看我和我的"天使"以及那无数的"亚当"和"夏娃"飘飘地飞到这条路上来!

我望着天上的自由的浮云,为黄鹤楼畔的一对朋友祝福!

一九二四,七,十六

糟糕的《国语文学史》

当蒋君同我做"好朋友"的时候,照例我每月的最后一天拿到薪水以后,总很高兴的跑到伊那里去。"到东安市场去吧,买东西去!""好吧!你又是去买书,买乱七八糟的书!"伊这么笑着说了一句,便跟着我走出门了。从伊的宿舍到东安市场并不很远,所以我们照例是不坐洋车,缓缓地步行走去。我还清楚地记得,那一天,仿佛是小雨初晴,阴沉沉的天气,北河沿地上的泥土还很湿。伊是穿了皮鞋,新做的八块大洋一双的皮鞋,所以只顾昂头挺胸的走去。我呢,脚上一双一元八角买来的布鞋已经穿了两个多月,布面的前后都已经磨破了,在路上一溜一溜的实在是不胜其苦。"到东安市场去买皮鞋吧。有钱只顾买书,自己用的东西全不注意,真是淘气!"伊似嗔带笑的说。"好吧!一双皮鞋——八块大洋,呀,我穷鬼买不起呀!"我们一面谈,一面走,不知不觉间已到东安市场了。

我还记得那一天争论的结果,皮鞋是仍旧没有买成,照例我在书摊上买了许多新出版的书,伊又到布店里量了些布,一个月的薪水便用光了。那一天买的几部书之中,我还清楚记得,是内中有一本凌独见编的《国语文学史》——当我在书摊上发现这本书以后,我仿佛同捉着一个贼似的,因为在买书的不多天以前,我在"何往"先生的家里,"何往"先生一手拿着纸烟,一手执着笔作文,笑嘻嘻的对着桌上的《国语文学史》说:"糟糕,商务印书馆竟出版了这样的书!"那时还有一位朋友也在旁边,他听了"何往"先生的高论,便伸手把桌上那本书轻轻地拿走了,我还没有看见那本书的内容——究竟那个《国语文学史》糟在什么地方呢?这个问题在我脑中盘旋了好久。现在已经在书摊上发现了这本大著,哪有放过它的道理,于是便不问三七二十一把它买了回来。我把这本书夹在皮包里,好像关着一个贼似的,心中只想回家的时候,仔仔细细拷打它一番!

不料这本书在我的书架上搁了一个整年多,我自己还没有亲自看过它一次。有一天,一个姓叶的朋友来玩,他要向我借这本书看。我说:"这本书是不值得看的,糟糕!"姓叶的朋友于是没有借书就走了。过两天,又有一个姓杨的朋友来玩。他又要向我借这本书看,我说:"罢了,这本书也值得看么?糟糕!"那位姓杨的朋友也被我说得没趣的走了。

几天以前,曙天因为要选诗,跑到我这里借参考书,一眼便瞧见书架上的那本《国语文学史》,伊说:"这本书我拿去!"一面说,一面伊便把书架上的那本书拿到书袋里去了。我说:"这样糟糕的书也拿去参考么?拿去有什么用处?"

曙天把这本书拿去看了两天,便又拿来还我了。伊说:"你说这本书糟糕,究竟糟在什么地方呢?"——这一问倒把我这个"疯子"问住了,因为"糟糕"两个字是"何往"先生口中说出来的。但是,"究竟糟在什么地方呢?"曙天这个问题,不读《国语文学史》是不能回答的,所以我当时只好沉默了。因为说来也惭愧,骂了一年,《国语文学史》倒没有翻过半页!

昨天因为一个小问题而生了大气以后,自己倒在床上也觉得有些无味了。顺手到书架上取书,便把凌著的《国语文学史》带下来。"我虽然没有详细的看,可是大略的翻了一翻,觉得它搜集的材料很不少。"(黎锦熙序中语)——我的翻是从后面翻过来的,因为这一本三百五十九页的大书,我实在没有留神来从头翻起。我从后面翻到三百四十六页,看见有许多"楹联",我想"楹联"也可以入文学史么?且看这副妙联:

大着肚皮容物
立定脚跟做人

我当时真忍不住哈哈大笑起来。试问凌先生,这副妙联是什么用意,是骂人还是劝人?再看"育婴堂"的妙联:

我是一片婆心把个孩儿送汝
你做百般好事留些阴骘与他

这种妙联简直是"糟糕!"试问把"孩儿"丢在

"育婴堂"里是不是"一片婆心"？试问是不是受经济压迫或者是旧礼教压迫（如私生子）才把"孩儿"丢在"育婴堂"里？凌先生，你老如是相信"阴骘"的，我劝你赶快把这本《国语文学史》的版毁掉，省得"贻误人家子弟"，流毒无穷！

到了三百三十四页，凌先生索性把自己的两首大作也扯到文学史上来了，我们且恭读凌先生的两首大作：

狂风
半夜忽然有狂风，
吹得风户叽咕吱，
梦中糊涂未细辨，
惊呼有贼撬墙洞。

城站酒家
城站一带酒家多，
生意盛衰竟若何。
炉前如有年少妇，
可断酒客必满座。

这样凌先生自己也知道"卑劣得很"的诗，倒要扯在《国语文学史》上来！中国近代就是无诗人可入文学史,也何至于劳及凌先生!后来我又想,人类自私的心是免不了的,假如我来做文学史,一定要把我许多肉麻的情诗都抄在文学史上,也许连从前 C 君送我的情诗也要抄上去呢。

我大略把凌先生的《国语文学史》翻了一遍,觉得有很多地方与"何往"先生的大著《国语文学小史》相同。"何往"先生的大著虽未出版,但他的油印本在我这里也有一本。凌先生在他的自序上说:

《国语文学史》,胡适之先生已编到十四讲了,大可拿来现成用一用,为什么还要另编呢?这里面,却有两个理由:

1. 他主张从汉朝说起,我却主张从唐虞说起。
2. 区分时期上,他只分两期:北宋以前为第一期,南宋以后为第二期。我却认为必须要分四期:自唐虞到周为第一期,自秦到唐为第二期,自宋到清为第三期,民国以后为第四期。

这样说来,凌先生的意见完全与胡先生不同,也许凌先生的意见比胡先生高得多,真是"青出于蓝而胜于蓝了!"(注,听说凌先生是胡先生国语讲习所里面所教出来的高足。)老实告诉凌先生罢,上面所说骂你著作

"糟糕"的"何往"先生,就是你的大老师胡适之先生!你说你的著作不是抄袭的,我且随便举出一段来:

胡著《国语文学小史》说:

> 南唐割据江南,正是儿女文学的老家,故南唐的词真能缠绵宛转,极尽儿女文学的长处。后来李后主(煜)亡国之后,寄居汴京,过那亡国的生活,故他的词里往往带着一种浓挚的悲哀。儿女的文学最容易流入轻薄的路上去。儿女文学能带着一种浓挚的悲哀,便把他的品格提高了。李后主的词所以能成为词中的上品,正是因为这个道理。

凌著《国语文学史》说:(一百四十二页)

> 做儿女恋爱的文学,最容易流入轻薄的路上去,南朝的《子夜歌》,就是好例子。后主在位的词,也免不了这个毛病。儿女恋爱的文学,能够避去轻薄,屡入厚重的真挚的悲苦的情操进去,就成词中的上上品了。后主亡国之后的词,好过在位时节的词,就是这个倾向啦!

这一段我不敢说凌先生抄袭,也许是"贤者所见略同"——也许还不能算是凌先生的"贼赃贼证"!但是我要问问凌先生:《子夜歌》怎样"轻薄"?《子夜歌》

里何以没有"真挚的悲哀的情操"?

我大略的把凌先生的大著翻了一遍,大概,凌著可分两部分:一部分是暗暗抄袭胡著《国语文学小史》的,大体上还说得过去,一部分是凌先生自己做的,像汉以前的文学,宋以后的文学几章内,引证的错误,诗词句读的荒谬,论断的离奇,真可令人大笑三日。可惜我没有许多闲功夫,不能一一替他抄出来!

写到这里,手也酸了。我真傻,这样热的天气,不学郁达夫先生坐在树底下对着水去,却在这里做歪文章同凌先生捣乱,真是何苦来!但是我想商务印书馆现在正登起大广告,叫高级中学生买凌著《国语文学史》来读。——我的弟弟正在中学读书,也许要上凌先生的当了!白花几角大洋是小事,把许多似通非通的文学观念装到小孩头脑中去,才真是冤枉呢!我怎样可不写篇小文把这个鬼葫芦捅破!我又想,做中国文学史真不容易,谢无量、凌独见那样头脑不清的中国人是没有做中国文学史资格的,籍耳士(Giles)那样荒谬的外国人也没有资格来做中国文学史!著作中国文学史的大业,推来推去,也许不能不推到北京的文豪们的身上!然而文豪们只顾聚餐,在中国做学生也活该倒霉!——也许到我儿子进中学的时代,中国还没有一部可以读的文学史出版罢!

一九二四,八,七

(附记)

这里所根据的胡适《国语文学小史》,系他初次在教育部的讲演稿。

萌芽的小草

——一知半解的"诗话"

北河沿的两岸,积雪还未全消,我和思永从东华门到钟鼓寺,沿途喋喋杂谈。思永说:"你初到北京的时候,我们俩儿一块做诗,一块玩耍,从没有吵过嘴。这一个月来,却没有一次会面不吵嘴。这究竟是什么理由呢?"我笑着答他:"吵嘴的多寡,可以看出感情的深浅。感情愈深,吵嘴的时候也愈多。"

我的"没一次会面不吵嘴"的思永到天津去了半年多了!这几句无聊的闲谈,却时常云烟般的在我心头涌起。思永在我的朋友当中，是一个成见最深而且脾气最大的人（我的朋友当中最温和而且没有脾气的是圭贞）。他最富于批评的精神和独立的眼光。我和思永谈到旁的问题，意见几乎没有一点相同，但对于文学的意见却差不多。我们俩儿一样的厌恶那些虚伪的空幻的描写家庭的爱的小说，一样的厌恶那些糊涂的新名词，满纸的神秘诗，一样的厌恶那些结构矛盾的思想肤浅的剧本！

一天，我问思永："你近来为什么不做诗？"他说："我吗，要诗来找我，我不去找诗。"我当时很受了他这两句话的感动。我们中国的诗人平常总把诗当作一种消遣品，把诗当作一种发牢骚的工具，喝酒醉了，拿起笔来做几首诗；听妓女唱小调听快活了，也拿起笔来做几首诗；看见戏子生得标致一点，也拿起笔来做几首诗。这样的诗绝不会好的！做诗的时候总应该有浓厚的情感。那些遇一件事做一首诗的人，还有什么情感可说？李白是一个天才绝代的诗人，但是他的全集中只有二十分之一的诗是不朽的；其余全是到一处写一首，遇一事写一首的无聊诗！我们应该尊重诗的价值，诗的价值不在多而在精；一个人一生能够做得一首好诗，他在诗国也就算是不朽的功臣了!

我们很反对郭沫若的"诗是写的,不是做的"的话。我们以为热烈的情感和巧妙的艺术手段是同样重要的,(Prescott 的 *Poetic Mind* 二百三十五页里面,也曾谈到这个问题,可以参看。)单有热烈的情感而没有巧妙的艺术手段也不会做出好诗。郭沫若是一个有些做诗天才的人,只可惜他的艺术手段不高,所以《女神》并算不得一部成熟的作品。现在的诗人的不可救药的大病便是糊里糊涂的乱写,有些人一点钟可以写五六十首小诗,有些人一天可以写二三十首长诗,有些人五六天可以写成一本诗集。我们很诚恳的忠告现在的诗人,诗虽然不能矫揉造作的做,也不可糊里糊涂的写!

诗人 Rupert Brooke 少年的时候,有一句很好的形容他的话:"常常一个球在他的手里,一本书在他的手里。"这种精神是很值得崇拜的。我们的朋友汪静之,是一个"诗迷"的少年,他吃饭的时候想着做诗,睡觉时候想着做诗,甚至于上厕所去的时候也做诗。(《蕙的风》第四页)这种精神也很值得崇拜的。不过我总赞成思永的话,要"诗来找我"的时候,方才做诗;要有诗做的时候方才做诗。人是感情的动物,在一方面说来,似乎人人皆可算是诗人;但在另一方面说来,我们却不希望人人都变成半生不熟的诗人!新文学提倡了几年,小说和戏剧的创作并不多,但诗集却一年出了好几本。有人以为这是懒惰心理的表现。我不敢这样笼统的批评做诗的人,但我以为大家把诗看作一件容易的事的心理是有的(我便是其中的一个)。近来最流行的便是小诗。小诗是最难做的,然而我的朋友中却有人一点钟能做几十首。我很想有人做些长诗。吉包生(Gibson)的《日常面包》似乎也有人曾介绍了一两首到中国来,但是这类苦痛的呼声的长诗,似乎并没有引起做诗的朋友们的注意。我们也承认《繁星》是明珠般的可爱作品;但那些模仿《繁星》的许多小诗,我们只觉得大半是假造的明珠,不值得一看!

十一,十二,十五,晚十一时

感叹符号与新诗

最近看见张耀翔君在《心理》杂志做的一篇文章，题目是《新诗人的情绪》(《心理》第三卷第二号)，内容论的是"感叹符号车载斗量"。张君不惮烦的把中国的《尝试集》、《女神》、《春水》、《浪花》等诗集里面的感叹符号"！"一本本的统计起来，又把西洋的莎士比亚、弥尔敦、白朗宁、但丁诸人的诗集里面的感叹符号"！"都一本本统计起来，而得一个"结论"：

> 中国现在流行之白话诗，平均每四行有一个叹号，或每千行有二百三十二个叹号。公认外国好诗

平均每二十五行始有一个叹号。中国白话诗比外国好诗叹号多六倍。中国诗人比外国大诗家六倍易于动感叹。

子夏《毛诗序》云:"治世之音安以乐,其政和;乱世之音怨以怒,其政乖;亡国之音哀以思,其民困。"若今之白话诗,可谓亡国之音矣。

张君这种"黄绢幼妇"的议论,我个人看了,只能合十赞叹(我不是新诗人,然而也是"易于感叹"的,我只好预备做"亡国奴"),不敢赘一辞。一来呢,张君是有名的心理学家,自然对于"情绪"是很有研究的。无论是新诗人的情绪,旧诗人的情绪,女诗人的情绪,张君自然是历历如数家珍,一下笔就可以几千言。我呢,心理学书虽然也看过几本,但因为生性太笨的缘故,到如今还不懂得"情绪"两个字怎样解,所以对于张君这篇《新诗人的情绪》的大作,自然不敢说什么话了。二来呢,讲到"新诗人"三字,更叫我惭愧惭愧,惶恐惶恐。因为我虽然也曾凑过几首歪诗,也曾大胆的在这里那里报纸上发表出来。但我从来没有那样狗胆自己冒充"新诗人",而且有时候拿起镜来自己照照,觉得也半点"新诗人"的相貌都没有。因为现在所谓时髦

"新诗人"者,身上自然要穿起洋装,眼上自然要戴上眼镜,脸上自然要搽上几点雪花膏,口上自然也要会背出几首雪莱、拜伦的洋诗,或者是能够到什么纽约伦敦去逛逛,会会什么女诗人!就不然也要借几块大洋,到西湖之滨去找一两个女学生,谈谈心。我呢,以上几种资格一种也没有,所以自然不敢梦想做新诗人。至于在这里那里发表几首歪诗,则另外有一种虚无的奢望。因为我听说国立某大学的女生,整日把苏曼殊遗像挂在床头。我想,苏曼殊这个穷和尚,生前没有几个人理他,死后却还有这种艳福,能够邀大学女生之垂怜,把他的遗像挂在床头,朝思暮想,也许是一本《燕子龛遗诗》在那里作怪罢。我是被大学女生丢过的,对于苏曼殊这种艳福实在有点羡慕而且妒忌。所以不揣绵薄,也拼命的做几首歪诗,希望能积少成多,死后出本什么"雀子龛"或者是"鸽子龛"遗诗,也许一二百年后或者一二千年后能够邀什么国立大学女生的垂怜,把我的丑像挂在床头或桌底,也可出出生前这一股闷气。我做诗的动机和目的,既然是希望死后有大学女生挂遗像,自然与现在所谓"新诗人"毫无关系。张君这篇文章论的是

"新诗人的情绪",所谓"新诗人"多与我很隔膜的,对于张君的大作也只好"免开卑口"了(因为张君是大学教授,对他要客气些,所以不敢称"免开尊口",只好把"尊"字改成"卑"字)。而且照文章上看来,张君也是新诗人之一,我现在且请大家拜读张君的大作:

> 仰看像一阵春雨,
> 俯看像数亩禾田。
> 缩小看像许多细菌,
> 放大看像几排弹丸。

这是张君咏"感叹符号"的白话诗。记得死友胡思永曾对我说:当罗家伦君在《新潮》上发表几首诗的时节,好像是刘半农先生笑着对什么人说:"诗人之门,不许罗志希(志希,家伦君之别号也)去敲!"像上面张君的诗,自然比罗家伦君的诗要好万倍,因为诗是"情绪"的表现,而张君却是做"新诗人的情绪"的论文的,对于新诗研究有素,自然是毫无疑义了。像张君这样好诗,一定不但能敲破"诗人之门",而且能升堂入室了。记得十岁时候,在家乡的亭上,曾见这里那里的墙壁上题了有这么"一首诗":

> 我有一首诗,
> 天下无人知。
> 有人来问我,
> 连我也不知!

我当时读这首诗的时节,头上还梳了有小辫子,曾竖起小辫,一唱三叹,叹为古今妙诗,得未曾有。现在读张君这首诗,觉得可以与十年前读的上面的诗比美。所以我料定张君这首大作,在最近的将来,也许要被什么风流名士抄在西山或香山或玉泉山的什么亭子上!

张君这篇文章内容论的是"感叹符号车载斗量"。"感叹符号"究竟怎样解释,我从来也不十分明白,但这次却豁然贯通了。张君说:

> "感叹"一字,在英文为 Exclamation…Exclamation 又可译为"惊叹"、"惊喟"、"慨叹"、"嗟叹",要皆失意人之呼声,消极、悲观、厌世者之口头禅,亡国之哀音也。欲知一人之失意,消极、悲观、厌世之态度,统计其著作中之感叹词句可也;欲统计一著作中之感叹词句,统计其感叹符号可也。此即所谓客观研究法。

原来 Exclamation 又可译为"惊叹"、"惊喟"、"慨叹"、"嗟叹",皆是消极厌世悲观者的口头禅,是"亡国之音"!这真是张君的大发现!我也在这里奇怪,为什么这几年来的中国,竟一年糟似一年,连胡适之那样实验主义者也在中央公园对"龙"先生大发牢骚,说"中国不亡,是无天理"呢?我虽然甘心"亡国",却总不知道要"亡国"的原因。今天读了张君的大作,才知道是感叹符号和白话诗弄坏的!我因此断定胡适之先生是个祸国大罪人。第一,白话诗从古虽然有过,但到了胡适之先生才明目张胆主张起来,今之白话诗是"亡国之音",胡适之先生是今之白话诗首创者,他用白话诗来害中国,自然是一个祸国的大罪人。第二,中国古时虽然也有圈点的名目,但"感叹标号"的确是胡适之先生从西洋搬来的(参看《科学杂志》上胡适之先生的《论句读符号》),中国从前的诗上从没有感叹符号,自然也没有感叹词句(因为张君说:"欲统计一著作中之感叹词句,统计其感叹符号可也")。中国从古至今四千余年不曾亡国,就是没感叹符号的好处。胡适之先生把感叹符号介绍到中国来,是有心害中国,所以他真是一个祸国大罪人。张君又曾明白的用诗咏感叹符号过,他说,"缩小看像许多细菌,放大看像几排弹丸。"他又在诗后面接着有几句议论:"所难堪者,无数青年读者之日被此类'细菌''弹丸'毒害耳。"你们想,感叹符号正像'细菌''弹丸'一样可怕,这样可怕的东西在中国害了"无数青年",我们还不起来想个法子取缔它吗?所以我以为这里那里的反帝国主义的人们,现在应该起来,赶快的起来,赶快赶快进行下面两件事:

第一,请愿政府明令禁止做白话诗,因为白话诗是"亡国之音",凡做一首白话诗者打十板屁股,做五首白话诗者罚做苦工三月,出版一本白话诗集者处以三年监禁,出版三本或四本白话诗集者是故意祸国,应该以军法从事,枪毙或杀头。凡一切已出版白话诗集均由政府明令永远禁止发行。(无感叹符号的古人白话诗不在此例。)

第二,请愿政府明令禁止用感叹符号,因为感叹符号像"细菌""弹丸"一样的害人。凡用一个感叹符号者罚洋一元。用十个感叹符号者监禁五年,或罚洋十元。用一百个感叹符号者怙恶不悛,应处以三年有期徒刑。用一千个以上的感叹符号者是有意祸国,应该以军法从事,枪毙杀头。凡一切已出版的书籍内有感叹符号者均由政府明令禁止发行。

倘中国的圣明的政府能够照上面的办法明令公布,也许可以补救中国之亡于万一,我想一定是张君所赞成的。倘中国竟能因此两道明令而转弱为强,内则战争灭绝,外则四夷来朝,皇帝万岁万万岁,诚为天下苍生之福。而推本索源,实张君在《心理》杂志发表《新诗人之情绪》一文之功也。但是我写到这里,又不免有点疑心起来了。感叹符号在中国被张君认为"细菌""弹丸"一样的可怕,以为用多了可以"亡国",但是西洋各国多还在那里用感叹符号。虽然照张君的统计"中国白话诗比外国好诗感叹号多六倍",中国因为有比西洋各国多六倍的"细菌""弹丸"一般的感叹符号,所以中国也比西洋各国六倍的糟:战争纷起,民不聊生,外侮日迫,国几不国。但西洋各国虽然比中国六倍好些,究竟也不能太平,或者也是"细菌""弹丸"的感叹符号的缘故罢。所以我想请张君把那篇大文《新诗人之情绪》翻译成英法德各国文,布告天下,咸使闻知,使西洋人也群起而废除感叹符号运动,那才是世界之幸,功德无量。至于西洋各国有没有消极厌世的亡国之音的外国诗,也有待于张君的考证,我只好不敢瞎谈了。

写到这里,曙天来了,伊说:"你真淘气,又在做文章么?"我笑着说:"今天这篇文章,是关系国家兴亡,你不可不先读张君的妙文,再来看我的大作。"说完话,我便把《心理》杂志给伊,伊把张君的文章看了一遍,说:"难道用感叹符号的白话诗都是消极、悲观、厌世的口头禅么?"我说:"你能拿出证据来,证明用感叹符号的诗有不是消极、悲观、厌世的吗?"伊说:"你看《尝试集》中:

努力!
努力!
努力望上跑!

难道这样"努力"的呼声也算是消极、悲观、厌世吗?难道这也是亡国之音吗?"

我听了伊的话几乎不能开口了,想了一会,我才说:"感叹符号代表消极、厌世、悲观的话是张君发现的,我也不过随声附和罢了。但我总疑心这三个感叹符号是胡适之先生用错了。"伊又说:"《尝试集》中还有:

他们的武器:
炸弹!炸弹!

他们的精神：

干！干！干！

难道这里的感叹符号也是表示消极、悲观、厌世吗？这种诗也算是亡国之音吗？"

伊说完了话，只是望着我笑，以为我再没有话回了。我吊起喉咙来说："一点也不错！这几句诗诚然不是消极、悲观，但总算是亡国之音。你看，现在的江苏、浙江，岂不是——

他们的武器：

炸弹！炸弹！

他们的精神：

干！干！干！

"胡适之先生的诗真成了谶语了，还不是亡国之音吗？况且张君把感叹符号比'弹丸'，这诗里的'炸弹！炸弹！'更可证明张君的话是不错的。"

伊听了我的话，更笑得不能抬起头来了。

笑完了，伊说："衣萍，我说一个故事给你听：从前有一个童生到南京去考试，住在一个客栈里。这个童生很会做诗的。一天，有一个客人来到这客栈里住宿，恰恰住在这个童生住房的楼上。一夜，这个童生还没睡，听得楼上那客人断续的喊，仿佛是'吓唷……一首……又是一首……一首……一首首的诗！'这个会做诗的童生听得跳起来了。他想这个客人真是天才，怎么做诗做得这么快。次日早晨，这个童生便到楼上去拜访那客人，一见面这童生便说：'老兄真是青莲复生了，顷刻成诗如此之多，昔子建五步成诗，其才去足下远矣！'那客人听了这童生的话，莫名其妙的说：'在下素不会吟诗，先生何必过誉若此？'童生又说：'先生不必客气，昨晚我听见先生断续的说，一首……一首……一首首的诗，非做诗而何？'那客人忍不住笑起来了。他说：'先生所听见一首……是一手……之误……一首一首的诗，原来是一手一手的屎。因为昨晚我患腹疾，遗屎满床，后来弄得一手一手尽是屎，所以我有吓唷！……一手！……一手！又是一手……一手一手的屎之叹耳。'"

曙天说到这里，我也忍不住大笑起来了。我说："你说这故事是骂谁？"伊说："我说这故事并不骂谁。我只笑张耀翔君，亏他也学过英文，我虽然不十分懂得什么英文，但我在黎锦熙著的《国语文法》上看见说：

'惊叹号！……表示情感或愿望。'黎君所谓'惊叹号'即张君所谓'感叹号',感叹号可以表示消极,也可以表示积极,可以表示悲观,也可以表示乐观。张君不肯翻起新诗集来读读,也不肯仔细想想,武断说感叹符号是表示消极、悲观、厌世,又把新诗集中的感叹符号统计起来,以为是亡国之音。这种行为正同那童生差不多。那童生是耳朵不灵,所以把'一手一手的屎'听做'一首一首的诗',张君是眼睛不明,所以把感叹符号认为'细菌''弹丸'。"

我说:"你来北京才几月,又没有看见过张君,怎么知道他的眼睛不明呢?"伊又笑起来了。

一九二四,九,十一,在南山病院

零零碎碎

近来因为要教小孩们白话文法,所以不远千里的跑到商务印书馆去买了一本《白话文文法纲要》,系陈浚介先生的大作,吴研因先生校订的。这本文法定价大洋两角,照九折算,花了我一角八分钱——一角八分钱可以到滨来香吃一杯冰淇淋两块点心了,把这本小书带到洋车上的时候,我觉得有点心痛。后来想想用这本小书去教小孩们,或者可敷衍一个月,也可骗得十块大洋——想到这里,我又像如来佛一般的笑眯眯起来了。哪知把这本文法带回寓中一看,竟不免大失所望!《白话文文法纲要》第二十页上说：

> 分句作区别词用。
>
> 例如，那个人昨天曾来找过你；此刻他又来了。（"昨天曾来找过你"是分句）

这明明是两个并列句，"那个人昨天曾来找过你"同"此刻他又来了"的意思是平等的，并列的，并不是什么"分句作区别词用!"这样文法只要读过两年英文文法的人都会懂得的，然而陈浚介先生和吴研因先生竟弄不清楚！

最妙的是六十五页的"复句"的例子：

> 村上的总董，就是现在的，发出来一个郑重的声音，吩咐安特罗克勒说出为甚么这凶恶的兽，一刻儿忘掉了他原有的性子，竟变了一只不害人的兽了，他情愿放弃了他的食品，比较吃掉你还好呢。

这样的妙句，也不知道陈浚介先生从什么地方找来的，我只好用我的朋友吴曙天女士常说的笑话，替他批上个"不通，不通，又不通！"

好久没有到东城去了，昨天偶然到东城逛逛，侥幸碰着几个男女朋友。大家喝过酒，吃过肉以后，便大谈起恋爱来。座上有两个男子是主张自由恋爱的，他们说："我们是相信'有限可能说'（The principle of limited possibilities）的，相信男女间的关系也只有几种解决方法：强迫婚姻、自由恋爱、一夫多妻、一妻多夫，古今中外的男女关系，都逃不出这几条有限的可能！但是自由恋爱在现在总算是天经地义了。"座中有一个女士愤愤的说："这几种男女间的制度我都不赞成！"于是他们问伊："那么，你是相信独身主义的？"伊笑着答："我是相信无主义的主义的！独身主义我也反对！"

那时我想我只能学朴念仁先生"缄默"了，因为"无主义的主义"的人是没有方法可以辩驳的！

近来听说好些人在那里反对什么"帝国主义"，这种声音从前虽没有听见过，但总算是特别叫得响亮而且新鲜的声音了。雨后走到街上一看，赤膊的人们满街走着，几个小孩连裤子也不穿的在积水中游戏，苍蝇聚满的西瓜摆在摊上。我于是乎觉得十分忧愁，因此便想起湖南、江南等处的水灾惨状，连安徽六安的大刀会匪的威风也浮到心里来了。记得当去年中国教育界代表在万国教育会会议中大出风头，替中国民族吹牛的时候，有一位"中国思想界的权威"的学者笑着对我说："他们在万国教育会议上替中国吹什么牛呢？只要临城出这几个土匪也够丢中国的脸了！"——反对"帝国主义"诚然是今日之急图而为我所绝对赞成的，但几时能叫国人在街上走路不打赤膊？（注意：打赤膊的人并不是全是没有衣服穿，所以马克思派的唯物史观也就暂不适用，恐滋误会，特此声明。）几时能叫小孩们不脱了裤子在污泥的积水中游戏？几时能叫苍蝇聚集的西瓜不摆在中国的首都的北京城的街上？几时能叫中国人多栽森林以防水灾？几时能叫大刀会匪不发现于中国？我愈想愈觉前途是黑暗而且渺茫了！

一九二四，七，二十五

僭越的忧虑

　　铅笔和墨水瓶，看来比雪花膏和花露水，是要重要些；因为前两样是学用品，后两样却是装饰品了。但是据朋友 P 君告我，在一部分的女学生方面，好像这四样东西有同样的重要，或者后两样东西更觉重要些。北京某学校中的女学生，自修室的桌上，雪花膏花露水的数目，竟比钢笔和墨水瓶的数目，要多两倍！

　　女子参政的声音，近来喊得很高，似乎连那"墓木拱矣"的老年人，也有些听见了。朋友 C 君告诉我，胡适之先生的《努力周报》，在杭州的某女校中，每期销不到十份（某女校的学生有三百余人），但是《快活杂志》却颇风行一时，几乎有人手一编之概。要求参政的女学生们，眼光中"快活"比"努力"要有趣味些，这似乎是不可解的事罢。

心灵怯弱的我，听见这两件区区的小事却引起无限的悲哀，无限的忧虑了。

也许是这僭越的忧虑罢！

十一，十，二十二

病中的觉悟

二竖弄人,一病三月,始则发烧,终乃流血。医生说:"出汗是要紧的,否则,流血是免不了的!"

是的,我的确是太怯弱了,出汗是害怕的,终且免不了要流血——本来是想免了暂时出汗之苦,终且受了三月流血之罚。

双十节来了,我还在病里。今年的双十节,可以说是血染成的。看,看鲜红的血染满了我的床,染遍了东南,也要染遍了东北!

正如鲁迅先生所说:"中国太难改变了,即使搬动一张桌子,改装一个火炉,几乎也要流血。"

搬桌装炉似乎只要出汗就够了,然而不肯出汗的,终于搬桌装炉也要流血!

敢自己流血的人是勇敢的!流血的是非,当然更为一问题。

正因为中国人太懒惰了,不肯出汗的,终于被鞭子赶着,免不了在压迫的环境里流血。

聚餐会的文豪们呵,打电话写情书的公子们呵,手里织着绒线的小姐们呵,你们乐是乐够了,就是将你们穿上貂衣,捆上棉被,靠在火炉旁,也终于烤不出一滴汗来罢——好凉血的动物们呵!

然而,也慢乐着,"很大的鞭子"不久就要来的!

"出汗是要紧的,否则,流血是免不了的!"医生这么说。

"自己敢流血是好的,否则,迟早也要被鞭子抽着流血的!"我接着说。

十三,十,十

"不行"

一、开门见山

文豪说,做文章应该开门见山,不要拖泥带水。

五年前,我在南京听顾实先生讲文学史。讲义第一章的开始是:

> 文学者,文学也;文学史者,科学也。

顾先生站在北极阁下的讲堂上,扬扬得意地称赞他自己的大作:"这几句文章是开门见山!"

二、"诗哲"

中国古有"诗仙","诗圣",而无"诗哲"。自从竺震旦东来之后,于是中国乃有诗哲了。

诗哲者何?

我曰:"诗哲者,诗人而兼差做哲学家也。"

胡适之曰:"我愿国中的诗人自己要知足安分。做一个好诗人已是尽够享的幸福了;不要得陇望蜀,妄想兼差做哲学家。"(见《读书》杂志)

"不行"!近来中国竟有"得陇望蜀"的。五百年后的杨鸿烈做《中国诗学史大纲》,当大书特书曰:"诗仙李白、诗圣杜甫之后,千有余年,于是又有人也,曰诗哲。"

三、天才的权威

天才说:"你喊得不响,你应该闭起嘴来。"上帝说:"你生来有嘴,当然有喊的自由。"我开始张开嘴来——上帝忽然不见了,天才走到我的面前,恶狠狠的说:"不行!……"

一九二四,十二,十五

丢了三个

《语丝》上的"刘博士订正现代文学史冤狱图表",加以语堂先生的《写在……后面》,近代中国文豪,大半表上有名了。这实在可供未来的谢无量或者凌独见做文学史时的参考。病中爱躺在椅上沉思,觉近代中国文豪,表上无名者尚有三人,此三人影响中国文坛,至深且大。倘此三人而不入文学史,宁非千古"冤狱"!爰作此文,代鸣不平,以供参考。

一、"吾家"梦华（Matthew Arnold）

"吾家"梦华自得了"东大之花"以后,已久久不作评论文字了。而三年前纵横东南,痛哭流涕,正人心,息邪说,以中国之安诺德自命,其功正不可没。况"吾家"梦华为"吾家"博士（非"刘博士"）之侄,吾家博士首创文学革命,近代文学,首屈一指。《语丝》表上虽然无名,然吾家博士之在中国,正如孔丘、关羽一般,家喻户晓。何以吾家博士"不朽",而吾家梦华竟"朽"乎?是非补入表中不可。

二、梅光之迪（Irving Babitt）

梅光之迪,首创《学衡》,远继白璧德之人文主义,近辟新文化之误解,为吾家博士之劲敌,亦东南文士所共仰。手头无美国文学史,白璧德之入美国文学史（或教育史）与否不可知,而梅光之迪当入中国之文学史,则已成定论。表上无名,"爱管闲事"非打屁股不可!

三、张歆海 (Charles Dickens)

某"诗哲"告吾友禾生曰:"辜汤生的英文有迭更司这么好,张歆海的英文同辜汤生一般好,所以张歆海之英文有迭更司一般好。"

诗哲之言,出口自合逻辑上之三段论法,其学诚不可及。记得古希腊有这样逻辑:

鸡是蛋生的,
蛋是鸡生的,
故蛋是蛋生的。

诗哲之逻辑,出口与希腊古贤相合。张歆海之比迭更司,谁敢曰不宜。是故,中国近代有三迭更司:

一陈源迭更司
二辜汤生迭更司
三张歆海迭更司

老子一气化三清(见《封神演义》),迭更司一鬼化三人。东海西海,有圣人出,此心同,此理亦同。此中国文学史所当大书特书,何以《语丝》表上而无之乎?

一九二六,一,二十五,头昏脑痛之日书

漫　语

屠夫把尖刀刺进猪们的颈项的时节，猪们的反抗，大约只有高声地呼号吧。因为只有呼号而没有动作，所以猪们永远是任人宰割的下流的猪们。

我们将自己比做睡狮，这似乎是太奢望了，因为天下绝没有子弹穿过腹背而不醒来的狮子的。真醒来的负伤的狮子，它便狂噬，它便猛扑，它的反抗决不止于呼号，此狮子所以高于一切的猪们和其他懦弱的禽兽，而为百兽之王。

人们的位置似乎在狮们之上吧，然而我的确怀疑着,对于我爱的懦弱的中国的人们。

一次敌人的侵袭来了,我们从梦中醒来;有的呐喊几声,有的散几张传单,有的割破自己的指头而血书几个无聊的字。这样,便是所谓自命睡狮的人们的反抗了。一次是如此,两次也是如此,十次百次以至子弹穿过腹背的时节还是如此。

我们不是刚睡的狮,我们是将死的猪……可怜而又可耻的我们!

反抗要有动作。动作不仅是动嘴,我们有手的应该动手,有脚的也应该动脚。

打我们的也不妨打它!杀我们的也不妨杀它!……

也不要忙着选委员了,也不要忙着争主席了,子弹已经穿进我们的腹背了,这样紧急存亡的时节,难道还可以为了自己而争无谓的出风头么?假如大英国和大日本的兵们已开到正阳门外,难道我们还可以从容不迫地选委员和争主席么?好安闲而体面的中国人们!

拿着白旗在街上讲演的兄弟们和姊妹们!你们不要痛哭流泪地多发议论了。你们应该流血,不应该流泪……

狮子为奋斗而死是勇敢的。否则,我们便成了死猪。那是耻辱!

一九二五,六,十五

高尔基及其他

一

一个美国人去问高尔基（M. Gorky）："哪一篇小说是你最好的小说？"高尔基想了一刻，才笑着回答："我的最好小说吗？现在还没有写。"

但是我们的聪明的《小说月报》记者，却已经替高尔基回答了。《小说月报》第十六卷第四号，因为登载了一篇高尔基的《我的旅伴》，于是最后一页上便说：

> 《我的旅伴》使我们见到高尔基的伟大精神与

他的微妙的描写。像这一类的活泼的写第四阶级的生活及游惰的少年心理,在世界的文学库里,似乎是第一篇,而且是不朽的一篇。

前两天有几个朋友到俄国去,其中的一个女朋友到我这里来辞行,我请她喝酒,酒酣耳热之余,我笑着对她说:

> 你到俄国以后,如果看见高尔基,你可告诉他,他的最好的小说,我们的聪明的《小说月报》记者已有定评,是一篇《我的旅伴》。你更告诉他,这篇小说就是在世界文学库里也是第一篇,而且是不朽的一篇。高尔基平常极喜欢恭维,他听见这话一定很欢喜。你可以更告诉他,劝他以后可以玩玩,不必再做小说了。因为无论如何,再做也不会有比《我的旅伴》那一篇好的!

我更希望有人——最好是陈通伯、张歆海,因为陈通伯的英文比英国人还好,而且张歆海的英文是同迭更司一样好——把我们《小说月报》记者的批评译成英文,登在美国的什么杂志或报纸上,使那一个问高尔基的呆笨美国人也可以知道,"高尔基的最好的小说是那一篇译成中文的《我的旅伴》!"

二

在北京政治舞台上,我们可以看见,无论政治有怎样变更,总是"十八个罗汉年年换"。逃来逃去,仍旧逃不了那一班"某老"、"某老"的什么坏东西!

但是上海的《小说月报》,我们也曾看见,无论每年正月怎样有一番革新,也总是那几个旧脚色来撑场面。这些老脚色的脸谱、唱工,我们实在有点领教够了!江南自古多才士,我们的新进作家哪里去了?

最近听见傅增湘君说:"读者要先读书皮,书皮读不通,还读得通书中的内容吗?"是的,我也应该读《小说月报》的书皮了,"本社投稿简章"上说:

> 五,投寄之稿,本社收到后概不答复,亦不退还,并不能告知投稿者能否预先登载。

一堆一堆的稿子堆在《小说月报》编辑室里,编辑先生在上面批了两个"未阅"的红字。

多少青年作家的心血,在编辑先生的"未阅"两个红字底下消灭了!编辑先生老爷开恩呀!请你阅一阅,使我青年作家的心血不致白费罢!唉!!

一九二五,十二,二十六

(附记)

对不起,这篇小文原是对于《小说月报》编辑有点不敬的,但作者对于《小说月报》编辑并无私怨,也从来不曾在《小说月报》投过稿。况且该报投稿简章不是已经改正了么?你瞧:

五、投寄之稿本社收到后概不答复,如不登载,除短诗短文外长稿一律寄还。

于是本文也可以取消了。

一九二八,十二,七　再记

浪漫的与写实的

我的表妹在光华大学读书,星期日来看我,说起该校请来许多名教授了,这学期的功课真好哩。表妹眉飞色舞地,嘴里像留声机一般地涌出"徐志摩……余上沅……梁实秋……"之流的名字。我抽着香烟,微笑地听她说得那么起劲,但我不想说什么。因为这些名教授也者,我自东至西,自南至北早已领教过的。

"阿哥,你看——"表妹从书袋里一掏,忽然掏出一册白色的小本子来:

"《光华》……"

这两个模仿康圣人的字体，好生面熟，大约是李石岑君的法书吧，仿佛在什么杂志的封面上常见过的。

躺在沙发上大略一翻，这二卷一期的《光华》周刊真是内容丰富哪！胡适教授的《读书杂记》是"考证象棋的年代"的，我平生对于象棋无啥兴味，所以也懒得去看了。引我注目的还是那篇《浪漫的与写实的》，这是怎样动人的标题，我不由地又想起梁实秋教授的《浪漫的与古典的》，那美国白壁德（Babbitt）一派的健将的大作。

该文一开首提起厨川白村的《苦闷的象征》，这仿佛又不是白壁德派的议论了。再看下去——

看到文章第二段，妙语就来了：

> 我们因为深恶环境，便把它深刻地描写出来，这便成了写实派的文学；我们因为深恶环境，便把我们自己的理想界创造出来，这便成了浪漫派的文学。所以写实派的文学是破坏的工作，而浪漫派的文学是创造的工作。

我觉得这些议论是古今中外论文学的书上所罕见的，所以特别提来。

下面妙语还多呢：

> 这里我们可以找到文学的使命，那就是革命。（倘然在没有革命声浪的时候，你来提倡革命，人家都会说你是过激；倘然在革命声浪正高的时候，你来提倡革命，人家也会说你是投机。）

原来如此。"文学的使命"虽是"革命"，但通达世故的人都该知道，革命是革不得的。早一点革命怕人骂"过激"，晚一点革命又怕人家骂"投机"，然则怎么办才好呢？老头子曰："不如老实点坐在家里罢。"

> 我们再从艺术方面来讲，写实派是为人生而艺术，而浪漫派是为艺术而艺术；然而人生应当是艺术的……写实派的作品，就是浪漫派的，浪漫派的作品，也就是写实派的……

记得宋朝有个和尚仿佛说过几句比喻的妙话："天下的道理是差不多的。比方你打满了一桶水，又用一只空桶分开来，是一个样子了；再又用一只空桶分开来，又是一个样子。其实倒来分去，合起来还是一桶水。"——"浪漫"就是"写实"，"写实"就是"浪漫"，有什么不对呢？黑人是人，白人是人，黄人也是人。所以白人就是黄人，黄人就是黑人。君子曰："天下的道理，一而已矣！"

但是天下的文学史家也实在太笨！记得二十年前听一个英国教师讲文学史，仿佛说到欧洲文艺思潮，从十九世纪的初年起，这五十年中，是主观的文艺思潮勃兴，可称为浪漫主义的时代；从十九世纪的中叶起，文艺受了科学的影响，便成了写实主义。浪漫主义大约是 Romanticism 的译名，写实主义仿佛是 Realism 的译名。这两个字的英文字母多寡有别，但第一字母是 R，是不会错的。所以这个 R 就是那个 R，那个 R 就是这个 R！哈，哈。

又"为人生而艺术"大概是 art for life，"为艺术而艺术"大概是 art for art's sake。然而两个"而"字也用得不大亨。

> 鲁迅的《呐喊》、《彷徨》、《野草》，都是写实派的作品，张资平的《苔莉》、《最后的幸福》，都是浪漫派的作品。

张资平君的作品，近来听说很流行，我的表妹的口袋里也常藏着他的小说。但说来也惭愧，我的确一页也没有看过,所以不敢乱说究竟是不是"浪漫"。然而鲁迅,哈,哈,原来《野草》也是"写实派",究竟不知道《野草》写的是哪块田里或哪座山上的几茎野草。——请《光华》周刊的作者有以语我来。

表妹已经陪着我的内人逛"大世界"去了。我想,看这样的文章,还不如躺在床上抽烟罢。

然而我的脑中总忘不了表妹口中的许多"名教授"。

一九二七,十一,十九

《平民诗选》序

今年初夏的晚上,我在陶知行先生家里吃晚饭。陶先生是除了平民教育不开口的,于是乎我这样一个平民教育的门外汉,也只好跟着胡说起平民教育来。我们从《平民千字课》谈到编辑平民的丛书,谈到平民丛书拟编辑的《平民诗选》。陶先生忽然若有所思的说:"《平民诗选》何不由你动手干起来!"我那时不知道怎样有那样的大胆,竟破口回答地说:"也好吧!让我来选选看。"

起初我觉得这部《平民诗选》是很容易着手的。但是一动手选以后，才悔那天不该对陶先生说了"让我选选看"的那句话。我因为选平民诗选而联想到《儒林外史》上的马二先生，一方面又觉得做个马二先生是不容易，一方面又觉得我的责任比马二先生重得多。马二先生选八股给举子读是不负责任的，他只要骗书店里几两银子也算完了！读了马二先生选八股而考不中秀才的人，绝不会抱怨马二先生，只能抱怨自己的命运罢了。我的责任却要拿诗歌来陶冶平民的性情，提高平民的精神。诗歌本来不可拿来做教训的。诗歌是人们快乐或悲哀的情感的表现。中国虽为四千年礼教的古国，像一般遗老遗少所自夸的，但在中国的汗牛充栋的诗集中，竟找不出几首可以激发人的志气的诗。在中国诗中最多是消极、乐天派或是个人牢骚的诗。所以我的工作便觉得十分困难了。往往读完一部诗集之后竟选不出一首诗来。我以为这部《平民诗选》在今生是没有选成的希望了。

但后来，因为得了吴冕藻女士的帮助和指导，有了伊的勇敢和勤劳，于是我又提起我的精神来干这马二先生的选业。我把我的选诗的条件降低：不要首首诗能提高平民的精神，只要能陶冶平民的性情也算满足了。于是我所注意的是诗的容易懂的问题，换一句话说，就是我希望我所选的诗能够使读了四册《平民千字课》的人一读就懂。悲哀时的痛哭，快乐时的欢笑，恋爱时的疯狂，被损害时的怨尤，种种在我所选的诗中所表现的真实的情感，我希望能引起一般平民读者的情感的共鸣。

我选这本《平民诗选》是很惭愧的。我虽然也受经济压迫而度过几个烧饼一天的日子，但我却并不曾替人们拉过洋车；我也曾经过抄写钢板而致手指肿痛的生活，但我却不曾为人们挑担而吐血；我也曾经过夹衣过冬的贫寒时期，但我却不曾尝过单衣在雪地里奔走的痛苦。到如今，我脸上已经戴起金镶眼镜，夏天身上穿绸衫，冬天身上穿皮袍，吃的是三餐白米饭，我的生活已经一天天贵族起来了，我选的《平民诗选》也许不是我亲爱的平民朋友所欢喜读的罢。但我的被损害而破碎的心，是经过无数的风霜雨雪来的，我把我的真心来选成这部《平民诗选》，也许不致于和我亲爱的平民朋友的心十分隔膜罢！

最后，我应该谢谢陶知行先生，因为他把这部《平民诗选》仔细校阅了一遍,我更应该谢谢杨可大先生,因为他把这部《平民诗选》拿到他教的平民师范班教授了一次,贡献了我很多的意见。我尤其应该声明的是,这本《平民诗选》大部分是吴冕藻女士选的,选好之后又蒙伊抄写一次。没有吴女士的热心和帮助,我决选不成这部《平民诗选》!

(附记)

这篇序大概是一九二四年冬天做的。序是做成了,《诗选》也选成了,但后来《诗选》也不知寄到哪里去了,从此竟无消息!呜呼!中国之事,大抵如斯!

一九二八,十二,二十,记

跋《情书一束》

年代久远,忘记是哪一个皇帝时代的事了,总之,朋友Y君那时还在人间罢。一个寒冬的晚上,青年的我们俩跄跄踉踉地跑到东安市场去,在小店里每人吃了一碗元宵,心上也渐渐暖和起来了。于是在市场上踱来踱去地想看女人——看女人,这是我们那时每次逛市场的目的。时候已经很晚了,而且又是那样冰冻严寒的冬天,小摊上虽然还灯火辉煌地,游人确已寥落可数了。哪里有美丽的女人呢?我们俩踱来踱去的瞧了半天,终于连一条红围巾的影子也瞧不见。Y君很凄凉地说:

"今晚的市场是何等灰色呀！""哦，灰色！成对的此时大约都躺在红绫被里了。"我带着气愤的神气答。

总之，后来我们是混到小书摊上去了。Y君花了十吊铜子买了一部旧版的《三侠五义》，他那时已经对朋友们挂起招牌想做强盗式的英雄了，虽然要做英雄是为了得不着女人的爱的缘故。我呢，因为袋里无钱，所以什么书也没有买。那一部旧版的《三侠五义》有一个青布硬壳套，Y君只在灯底下打开套来略略翻看了一本第一册上面的图画，便夹在肘下走了。但是，在半路上，Y君的一套《三侠五义》终于被我用强迫的手段夺了来。其间略有争斗，我记得还挨了Y君恶狠狠地打了一手杖。一手杖正打在背脊之上，当时觉得很痛，过了几分钟也就消失了。而且代价也真值得，谁也梦想不到那样一套旧小说内竟夹着几封蝇头小字的哀惋绝人的青年男女们的情书。

那些情书里的男女主人公是谁呢？何以夹在这一套旧《三侠五义》里？我虽然不是考据家，但当时为了好奇心所迫，也曾花了很多时间去考据，而结果仍是渺渺茫茫。那情书上所署名，男的似乎是J，女的似乎是A。

然而J是谁呢？A又是谁呢？我千思万想终于是难明白。我那时对于这些情书绝对守秘密，第一个要瞒着的是Y君。至于为什么要守秘密？理由此时也忘掉了。大约我那时把那些情书当作宝贝看待罢。乡下人得着宝贝是不愿意旁人知道的。而况那些宝贝明明从Y君买来的旧书里得来的呢？我在夜阑人静、孤灯俦影的时节，偷偷地在灯下阅读那些情书：红色的信笺，上面点点的尽是痕迹。是泪痕罢？因为是用铅笔写的，所以字句也十分模糊了。但隐隐约约地总可看出青年男女真情的流露，和人世种种不幸的痛苦。我青年时也蒙一两个女人爱过，但后来伊们都爱了旁的有钱有势有貌的男人，把我这又穷又弱的"丑小鸭"丢了。在过去的几年中，感谢那些情书，消磨了我无数难眠的长夜，悲哀处流了一把眼泪，感动处叹了一声可怜。尼采（Nietzsche）谓：一切文学，余爱以血书者。那几封蝇头小字的红色情书，盖无一字无一句不是青年男女火一般热的爱的心中流露出来的鲜血呵！但那情书中的主人公J与A究竟如何结果？——家庭的顽固，社会的压迫，第三者的纠纷，我看了一些断片的情书，如何知道他们以后的渺茫的结局呢？

人生如朝露，Y君竟因肺病于前年夏间死去。冥冥中是不是有鬼呢？我不知道。自Y君死去以后，我心中十分悲伤。晚上也时常做梦，梦见Y君用手杖打我，痛得大叫而醒。有时我又梦见一位不相识的眉头稍蹙、身材瘦削的青年，与一位装束入时、娇小玲珑的少女，向我要求什么。因此神魂不宁，一病两月。病中，我知道是那些情书作祟，想把那些情书用火烧去。但燃了几次火柴，终于不忍下手。我因此又向冥冥中祷告，拟将那些情书誊清印刷出来，传之人间，定名为《情书一束》。

然而穷汉生涯，时间和精力已经整批的卖掉了。两年来我在一个古庙里替和尚们守菩萨当书记，每天要在七八点钟的时间坐在观音菩萨座下写蝇头小楷的《金刚经》。晚上总是肩酸腰痛，卧睡不宁。心里也想把那些情书誊清出来，以期无负自己的祷告。然而有心无力，徒叹奈何而已。

今年夏秋苦雨，古庙檐瓦多漏洞，我的竹箱搁在窗下，常为雨点打湿。W君说："把箱子打开来晒晒罢。"我对于W君的好意是感激的。然而这竹箱怎能拿出外面去晒太阳呢？我的确存了一个自私的心，以为将来这些藏在竹箱里的情书发表出去，一定要瞒着旁人，算作自己的创作。我的房里的财产，除了这一口竹箱以外，四壁空空，毫无可以隐藏的地方，所以那些情书也终于锁住箱里了。秋尽冬来，体弱血衰，不能耐冷。忽然想起竹箱里有一件十年前的老羊皮背心，或者可以御寒。取钥开箱，才发见摆在上层的那些情书已为雨点湿透，字迹模糊，不可阅读。而老羊皮背心则依然无恙，则未始非不幸中之大幸。叹气数声，欲哭无泪，亦可怜矣！

呜呼，那宝贝似的数十页情书已经为雨水所蚀，半隐半现矣。余乃立志就记忆和想像所及，一鳞一爪，为之整理就绪，以期青年男女之真实情感，不致无端湮没。刚拟就冬夜难眠之时，开始执笔，而京津战起，交通断绝，百物昂贵，困于油盐，时焦急而辍笔。荏苒两月，才整理出若干篇，名为《情书一束》，从两年前旧定之名也。

余年青时也曾弄过文学，其实也不过弄弄而已，并不是对于文学特别喜欢。好像是 Stendhal 曾说起，他坐下来写文章就好像抽雪茄烟；我之弄文学，也正是抽雪茄烟之意，虽然我并不想高攀 Stendhal 般的文豪。做文章也许是我的 a refuge from the emptiness of life 罢。匆匆忙忙的随笔写成几篇东西，有的在朋友们办的报上发表过了，有的寄出去发表，忽然又被编辑先生退回来了，上面还用朱批批了"不用"二字。现在也择了几篇，发表在《情书一束》里。

至于读《情书一束》的人们，有的读得痛哭流涕，有的读得嬉笑怒骂；有的拿它当小说读，有的当故事杂感散文读，有的当情书读——放在抽屉里来常写情书给爱人时的参考。有的文学家与批评家或蹙起眉头来以为这不是文学，这是艺术园里的一束杂草，都随他去罢。一二百年后或者有考证家出，引今据古长篇大论地考证《情书一束》，也许竟能隐约地考出《情书一束》中的许多主人公，如胡适之先生之考证《红楼梦》焉。是书即暂时无人肯买，将来也许竟能风行一时罢。然而未来的事，谁有那样耐心去管它呢？至于余贫穷人的希望，则在是书之能赶快印出，赶快卖去，赶快多弄得若干金钱，以舒眼前生活的困难而已。

一九二五，冬至节日

《断片的回忆》小序

就在"孙老头儿"伏园兄编《京报副刊》的那年,曙天写她的《断片的回忆》,原因是给《京报副刊》充篇幅罢,但写了不久也就停笔了。北新书局的老板李小峰兄把这些短文集成付印,好意是极可感的。但曙天说:"这些文章哪有出版的价值呢?"

是的,就是我,也不敢说曙天这些文章有怎样伟大的价值。但如果著作和出版不是少数什么"藏之名山"或"传之百世"的"不朽家"的专利品,我相信一切的平凡人都可以自由地发表个人的平凡的思想和情感,只要他的思想和情感不是说谎和欺骗，虽然现代世间最欢迎的还是那些说谎和欺骗的夸大狂的胡写。

回忆是甜蜜的，法朗士（Anatole France）曾这样说过。

在曙天的过去的二十余年的生命中，一半是给那缠绵的疾病消磨掉了。疾病毁灭了甜蜜，然而她似乎已经忘记了疾病的苦辛，疾病训练了她的心灵，使她宁静地、愉快地、忍耐地过这病里的人生。

真的，在曙天的回忆里，没有怨尤，没有诅咒，她安闲地把她过去的生命，宁静地表现出来，正如一幅幅朴素的Sketch，使我们能从这些断片的Sketch中，看出她的优雅的高洁的人格。

一个朋友谈起在文坛上颇负盛名的某女士的作品说："如果中国全国的女学生，合起来，开一个成绩展览会，那么，某女士的作品，当然是很好的了。但如果说到文学，哈，文学——"

当然的，曙天的作品也算不得什么文学，但现在只当作一种成绩品而陈列出来，（我并不敢说是很好的）

或者大量的朋友们,总可以许可的罢。

我就把这些平凡的几句话来做她的序。

　　　一九二七,大热之日,写于上海滩上

罪　过

衣萍兄：

自从你发表《爱丽》以后，就听见有些小绅士们正颜厉色的怪你何必如此取材。我们的教育家还说这是小说家利用青年的弱点，他好像又说做这样小说的人是有陷害青年的动机！这是多么大的罪过呀！——但是，衣萍，我应该恭贺你，你的小说能深深地刺入人心，这便是你的成功，无论所得的报酬是诅咒或是怨恨。

《情书一束》虽然只蒙你在京时给我看了一两篇你的初稿，而我所牢牢记得的，是你的作品，处处表现你的真实的大胆的描写，那便是你的人格的表现，虽然我到如今还不曾读到你的已经出版的《情书一束》。我总觉得我国现在流行的小说实在太灰色太乏味了，我们实在不需要那些文章美丽、辞句浮夸、粉饰虚伪的矫揉造作的产品，我最爱那胆子最大的 Gautier 的作品，他将他理想中的妇女的美，妇女肉体的美，赤裸裸的绘出来。绅士们看了自然要惊惶跌倒。George moore 的态度也十分直率坦白，他自己承认他自己的心理是病态，卑怯，爱女人。他似乎说所有的书，只要不讲女人，便不是书；即是好书也不是我们所爱读的。他说 Hugo 的著作便是好例。

我现在要你把《情书一束》快寄我一册。Miss 房仲民那册也请你从速派人送到她的学校里去。她喜欢读你的作品，比我盼望得更急。她完全是一个小孩子，她是我的妹妹，我知道她的。

你的生活，我很希望你能改进一些。三四年前，我同思永来找你，你寂寞地守着古庙西边的一间房子，清瘦的面貌，热烈的感情。现在呢，思永离开人间两年了！我独自来找你，你仍旧寂寞地守着那古庙西边的一间房子，面貌还是从前一般地清瘦，感情还是从前一般热烈。庭前的铜缸，铜缸里的荷叶，大概是从前所没有的吧，还多了一位多情姑娘，常来打破你的寂寞。究竟总不是好事，几年来枯守着古庙的一间房子，感觉上也未免太单调而且枯燥了吧。爱好文艺的人总该设法使感觉不要十分枯燥单一才好。

秉壁　五，二十一

（附答）

这是我的朋友郑秉壁君寄来的一封信，现在抄出发表在这里。自从《情书一束》出版以后，我直接间接听见许多新闻。最奇怪的是一个中学校的学生们来信向北新书局定七十本《情书一束》，后来忽然又来信说是不要了，大约也是"教育家"说这是小说家利用青年的弱点的缘故。这在我本没有什么关系，只是出版的书局受些损失罢了，虽然我知道《情书一束》绝不是"教育家"所能阻止流行，而且生意之佳，在北新书局最近出版的书籍里也算数一数二的。我最痛恨的是那以耳代目的盲人，他们其实未翻过《情书一束》的一页，只是渺渺茫茫地说："这是陷害青年！"我并不是说，《情书一束》是什么了不得的劝善规过的书，普天下青年男女非读不可——如果我做得到教育总长，我或可以下一道指令,把《情书一束》列入大学中学课程内,可惜我非"老虎",总长之梦,此生已属渺茫,自难强天下之青年以读"情书",如吾家孤桐先生之强天下之青年以读"经",以学"古文",以反对白话。然而我虽不学无术,我乃砖塔寺畔的一小僧,却不妨大胆宣言:如果高中学生而不能读《情书一束》,那样中学教育可算完全失败;如果大学学生而不能读《情书一束》,那样虚伪大学也该早点关门!

《情书一束》虽写得不好,但态度却是十分严肃的。坊间旧小说,"陷害青年"(?)者何限,"教育家"能一一摧残之乎?如果世界上没有恶,那就根本用不着什么教育。不,我不该谈什么教育,还是溜溜去吧,鼻孔又塞起来了。至于秉壁恭维我的话,那是应该的,因为他是我的朋友。

一九二六,秋天,于伤风头痛之日

呼　冤

半农先生：

　　先生荣任副刊编辑，小弟不来道贺，却来呼冤，真是丧心病狂。但是这年头，唉，这个年头，谁的心头没有几分冤枉？别的我不说，也不敢说。因为先生办副刊，而又不我遐弃的向我要稿子，为了投稿的问题，眼见不平已久，牢骚积到万分，姑且借光贵刊，一吐为快，登载与否，悉听尊便；倘有错字，务望改正。

　　我想社会上的刊物，大概可分两种：一种是不欢迎投稿的，如《语丝》周刊，乃是同人杂志；一种是欢迎投稿的，日报副刊，普通杂志，肯出金钱买稿的，乃是公开的刊物。关于同人杂志，我觉得无话可说。因为是同人的发表言论机会，"自己的文章就是狗屁也要登"，外来的文章不好请你等一等。我现在要说的，那是普通刊物，欢迎投稿的。

我是足迹没有出过国门的，别国的情形我不知道。单就中国而说，我觉得普通挂着"欢迎投稿"的招牌的杂志或副刊，可依编辑先生的心理，而把投稿者分做四等。第一等可称之曰"元老投稿者"，这些投稿者在社会上已经发表了很多东西，无论东西是好是坏，是凤毛是狗屁，但在文坛上总有了一个位置。他们的稿子是一寄去就登载，题目是大号字，而且地位自然是在前面第一栏。第二等可称之曰"亲属投稿者"，这里面包括的是编辑者的叔叔或伯伯，哥哥或弟弟，姊姊或妹妹，已婚的太太或未婚的爱人，他们或她们是与编辑者有切肤的关系的，他们或她们的稿子当然也不会搁下，理当提前登载，以示亲热。第三等可称之曰"投机投稿者"——这个名词似乎不通，一时想不出好的名词来，姑且用了再说——他们或她们是懂得编辑先生心理的，一篇稿子寄去，外面用的定是红信封或绿信封，而且稿纸上也不妨洒几滴香水，或者是信封里还夹着一两朵鲜花。明明是男人的稿子，偏用了什么女子大学和女子师范的信封，或者是取上一个鲜丽婷娜的别号（Pen name）。于是编辑先生，软坐沙发椅上，拈须微笑，而拙稿居然登上。（此节所说，全有事实可以证明，先生若不见信，不妨打个十万火急的专电给孙伏老问个明白，小弟是从来不会说谎的。）第四等是"无名投稿者"，"无名"却并不是没有名字，如某生某君，乃是投稿者在社会上尚无人知，故称之曰"无名"。此辈投稿者大都是普通学生，穷困青年，他们创作心热，发表心健，稿子挥笔即成，寄去是大概不登。我现在要呼冤的，就是为了这一等人。

先生，你想，做人而做到第四等，受社会上的虐待，不是活该么？普通编辑者对于第四等投稿者，以我所知，也可略分为两种：一种是"南方的郑振铎式"，二种是"北方的孙伏园式"。——对不起，现在姑且请他俩做了代表，虽然伏老现在是无"副"可"刊"，逃之夭夭了。郑振铎式的办法，是把第四等投稿者的稿子，堆起来堆起来，捆起来捆起来，在上面批上"不用"两个大字，于是一切都完了。孙伏园式的办法，倒算和平些，第四等的稿子，只要有工夫，总得看一遍，遇着以为可用的，也在上面批上"可用"两个红字，不用的便批上"不用"两个红字。可惜伏老究竟是上了年纪的人了，所以记性究竟也差了些，好多"可用"的稿子，不知为了什么缘故，忽然又搁下了，也许一搁永无消息。于是伏老在京当了几年副刊记者，弄得怨声载道，蜚话丛生。

先生，你现在是荣任副刊记者了，你的副刊当然是不拒投稿的。我不知道你将来对于那些第四等的投稿者，当采取何种办法，是采取郑振铎式的办法呢？还是采取孙伏园式的办法呢？我想，现在正是学者们提倡"节育"之年，文章做得不好，最好是永远不做。否则，郑振铎式的办法，可以算是"溺婴"，倒也是免得谬种流传的一个好办法。文章自有"文豪"在，哪许旁人说短长！中国虽然广大，然而当代代表作者，不是早经文豪们互相选出了么？为了中国文坛前途，最好是把一班无名的创作家全压下去。哈哈，我本来是想替第四等投稿者呼冤的，然而写到末了，自己也变成一个郑振铎式的信徒，因为我知道艺术应该是"贵族的"，文学应该是"天才的"，作品应该是"水平线上的"。第四等的投稿者，什么东西！做文章！哼！你也配！

         弟 衣萍拜上
  十五，六，二十九，早

（附录）

衣萍先生：

  编辑先生压积稿子，看去像似一件小事，实在却是一件大事，因为无名作者的作品中，也着实可以有极好的文章（自然也有极坏的），若然一概以不看了之，结果一定要埋没了不少的人才。我现在是有稿必看，好的不论有名无名，无不赶登；不好的只要是附有邮票的，无不立时退还。最难的乃是一种不好不坏的稿子，立登既有所不能，立退亦有所不忍，只得暂时存一存，等到稿子缺乏时凑数。但无论如何，若是等了三四个礼拜而还没有安插的机会，也就只得退还。我也是个懒人，但有了你的警告，总希望不做到"天怒人怨"的一步。至于看不起无名作者，那是刘复断断不敢；试看《小饭店里》那篇小说，也是个尚未知名的作者寄来的，我给他在第一号里就登了出来了。

          弟 刘复

小小的希望

近来很有些人写信来问我:明天社是不是提倡未来派的文学?我自己觉得很惭愧,因为明天社的宣言发表了几个月,到如今还没有一些作品出来,自然引起研究文学的人们的怀疑。

什么是未来派的文学?我因为在中国买不到关于未来派的书籍,到如今还不十分懂得。近日看了一本 H. B. Samuel 做的 *Modernities*,在这本书的末一章《未来主义的未来》中,我曾感觉了解未来派的文学不是一件容易的事。在外国杂志报章上看见一两篇未来派的作品，便半生不熟的介绍给国人，弄得看的人丝毫不懂（其实译的人自己也未必懂），我以为这是中国文学界的危险而且可耻的事！

我们且不要高谈什么未来派的文学，我们且睁开眼来看看中国文坛的现状罢。我也赞成神秘派的诗，但不愿意人家把神秘弄成糊涂。诗国里本充满了神秘的空气，只是那些白话还没有做通的人决没有假冒神秘混进诗国的资格。我也赞成人家做些新浪漫主义的作品，但不愿意人家弄几个鬼魂在作品里，说几句似通非通的鬼话，便公然在题目下注明是新浪漫主义的作品。我们应该懂得新浪漫主义是受过自然主义洗礼的。我也赞成人家介绍太戈尔的学说，但不希望人家把太戈尔的学说与释迦牟尼的学说扯在一块。尤其不愿意人家把太戈尔的学说和国粹的老庄的学说混在一堆。我们也希望人家创作，只希望大家不要滥作。我们不愿意在提倡自然主义的小说内，看见有高等小学的孩子会说出太戈尔口中的话的作品！

以上是对作者说的话。至于读者一方面，我们希望大家不要把自然主义的作品当做《金瓶梅》，把浪漫主义的作品当做《封神传》,把未来派作品当做《笑林广记》。我们是不喜欢大家把古今中外扯做一起!

这是我们的小小希望!

十一,二十三

(附白)

那时,我们几个小朋友,想于一九二三年春季出版一册月刊,叫做《明天》。后来,几个朋友都为饥寒所逐,奔走四方。而《明天》也永远成为明天了。

编时附记

《秋野》发刊词

秋野社的朋友们,因为《秋野》第一期出版,要我写几句话当做发刊词。我想,秋野社的宗旨,在它自己的宣言中已经明白说出了,就是:"'秋野社'是为坦白的表现我们的感情、我们心灵上的苦闷而产生的,其唯一的目的是从荒寞中辟出乐园来。"

我们住在青天白日下的江南革命之邦,我们勇敢的前驱的战士的鲜血已经流成河渠了。然而,看呵,我们的心灵是怎样的苦闷,我们的感情是怎样的隔膜,我们的社会是怎样寂寞和消沉!

"从寂寞中辟出乐园来",实在不是容易的事。朋友们,我们不必想望那遥远的"乐园",并且,"乐园"实在不是我们暂时所需要的事。同是站在战场的血泊里的人,我们应该悲哀地哭,应该狂乐地笑,用我们的哭声去安慰那伟大的地下和地上的革命的灵魂,同时把自己的怠惰和寂寞的灵魂也剧烈地喊醒,我们需要的是革命,不是"乐园"。把"乐园"留给未来的遥远的朋友们吧。我们应该唱着勇敢之歌走到战场上去!

这是我病中的一点小小感想,秋野社的朋友们当没有不同意的吧。

一九二七,十一,六,病中

女人压迫女人

受男人压迫的女人,同时也残忍地压迫女人。这种例子在中国家庭内,原是"古已有之"。

做婆婆的是从做过媳妇来的。自己受婆婆打骂的时节,当然也有点愤愤不平。但等到自己做了婆婆,便又自然地瞪起眼来打骂媳妇了。姑嫂是不能相安的,妯娌也是不能和睦的,姊妹也是常为了利害而互相压迫、互相仇视。

最可怜而可恨的是婆婆为了打媳妇而借重公公,小姑为了多嘴而鼓动哥哥——用男人的权力来压迫女人的女人!

学校生活就是社会生活,好像哥仑比亚的杜威先生这样说过。学校犹同家庭,好像从哥仑比亚归来的杨荫榆女士又这样说过。

不幸的北京女师大竟成了一个不幸的大家庭!"师范学校为国民之母之母",然则彼杨荫榆女士者,"其国民之母之母"之母乎?抑"国民之母之母"之婆乎?

婆婆是应该压迫媳妇的,母亲也更应该虐待女儿的。所以杨荫榆女士是应该把反对伊的同性女生开除的。开除的罪未免太轻了。古者家庭之内,溺女杀媳习为故常,社会犹不以为非。可惜杨君之技仅止于开除——其实彼有异性之教务长及教员帮助,又何事不可为。而况报纸传说,教育部已公然默许之。

压迫女人的男人,同时也帮助女人压迫女人;受男人压迫的女人,同时也借重男人压迫女人!呜呼!可怜的而又可恨的女子师大的大家庭的家长!

十四,五,十三

"不通曰通"解

甲 篇

三年前,余负笈英伦,一日,偶以所作论政治之文,投诸彼邦《泰晤士报》(*Times*)。文中大意则曰:"中国,农国也;非农治不足以立国。"余方自负,以为智出英伦小儿以上万倍。乃文去既久,音息杳然。既不登载,又未函覆。余惑焉,乃投函询问,不答;再投函,亦不答;三投函,而不答如故。

余怒,乃请友人程闭叔君往馆询究竟。时程方肄业彼邦牛津大学,有文名。然程去既久,亦不得要领而返。余大怒,投书该报记者而谎言曰:"余,中国之'爱克斯米粒死脱'也!所作文,其速载,否则返余。"然信去既久,音息杳然如故。

余既怒且悲,出文稿请程闭叔视之,则曰:"子之英文文法结构,未尽通也。是安能登诸《泰晤士》!"

余羞而不得其答,既而思之,则强词曰:"白马,马也;非白马,亦马也。通者,通也;不通亦通也。故不通曰通。"

闭叔为文虽常引庄子,然于墨子则未尝寓目焉。闻余言,无语而退。

乙 篇

归国日久,而"不通曰通"解知者无人,甚寂寞。

孤桐之《甲寅》既出,人有讥其误者,谓"二桃杀三士,孤桐以为两个桃杀了三个读书人。非也,盖士乃指勇士。"

孤桐在最近《甲寅》辩曰:"此等小节,宁关谋篇本旨。且不学曰学,其理彼乃蒙然,又可哂也。"

呜呼！吾道孤桐盖得之也。"不学曰学"者，盖采"不通曰通"之公式也。衡以逻辑，则"不学曰学，学亦曰学；不通曰通，通亦曰通；不白曰白，白亦曰白；不死曰死，死亦曰死；不淫曰淫，淫亦曰淫；不偷曰偷，偷亦曰偷。"

呜呼！吾道孤桐盖得之矣！

吾道孤桐盖得之矣！

十四，九，十二于骆驼庄外

櫻花集

东城旧侣

——寄湖上漂泊的 C

这是一个暴风雨过去了的夜晚,星星大约还没有消息吧,我坐在这古庙的西院的一间小房里写信给你,在湖上漂泊的你。C,我们不曾见面,已经四个整年了;提起你,我便想起东城,那永远不能忘记的斗鸡坑的浪漫生涯。在那里,我们曾尽情地骄傲,我们曾狂放地自由,我们曾藐视世间一切的卑鄙的人类和虚伪的真理。你和我每晚共睡在几块木板拼成的小床上,抵足谈天,常常彻夜不眠。时而强颜欢笑,时而高歌当哭。有时谈得倦了，你便坐起身来，高弹着你心爱的伴侣琵琶。我说："夜深了，弹什么呢？"你说："我在这里弹着琵琶接太阳。""太阳么？还早吧。"我知道你的心中正充满了悲哀，便也不肯用些不入耳之言来劝你。C，当我到北京的那一年，你的父亲似乎刚去世吧。你对于你的父亲平时的主张很不合；你告诉我，你曾经写信否认过他是父亲的。但当你的父亲的死耗传来以后，你的沉痛和悲哀，似乎比那些自称孝子的人还深万倍。你为了反对你的父亲，脱离家庭，曾受了无数的群众的痛恨与唾骂。群众用了种种的手段与方法压迫你，陷害你，以为你是万恶不赦的人。但是，你的一腔热泪，只有你自己和我懂得吧。我在没有来京以前，和你是没有见过面的，虽然我们也不断地通着信，虽然我们的家相隔不过五六里。C，想不到我们没有见面便成了知己。

那一年的秋天，我从家里来京，到金陵便把家里带来的几十元盘费用完了。我困居在一个鼓楼下的客寓里，每天闷吃闷睡，一连住了两月，看看秋尽冬来，箱里的几件破衣已当完了，公寓里的老板的脸孔也一天天地狞恶起来。那时叫我来京的是H先生，可是我又不愿把我的潦倒生涯给H先生知道。金陵虽然也有几个旧同学，但彼此都是一般穷困，谁又能向谁借得一文钱呢！冬风一天天地严厉起来，可怜我的身上只有一件夹衫。天气晴明的日子，我还能独自踱到荒郊逛逛，对着白云和清风聊话我心中烦恼情形；要是不幸而逢着天气阴郁，狂风怒号的日子，我便只能拥着薄被，躺在床上。C，那时殷殷写信给我的是你，因为你在北京，也很诚恳地希望我来。但同时你也老实告诉我，你们自己开的饭馆已经关门了，你自己的生活也发生了问题。幸而你还得着你一个朋友的帮助，可以做点文章卖钱度日。C，我本不敢将我的穷困情形告诉你，但后来想想，除却你又没有可以告诉的地方，我终于忍痛将我的情形快函告你。你接着我的信，果然着急万分，你从朋友那里借来二十元给我做盘费，又知道我身上没有衣服，便把你自己穿的大衣也寄给我。我们那时还是一个没有见面的朋友，我接着你的大衣和钱，感激和同情之泪竟忍不住流了半天。次日我便动身到北京来了。火车到京城的一晚，月光似乎正照着积雪吧，我穿着你的大衣坐着洋车好容易找到斗鸡坑，一个荒僻而冷落的死胡同里。我叩门，C，你拿着洋灯亲自跑出来接我，当我握着你的手对着你的微笑的脸庞的时节，我的心中竟不知是甜是苦，悲欢交集，有话也不知从何说起。我们从此便同度那斗鸡坑里的浪漫生涯。我们的性情，虽然也有不同的地方，但是骄傲和狂放，大约也是一样吧。记得有一次，你告诉我："骄傲是做人的最好法子。"那时常到我们这里来的是钟鼓寺的Y君，Y君是一个有名的疯子。我们在月光地上，喝着酒，拍着桌，骂世界，骂社会，骂人类，骂家庭，骂一切的无聊道德和法律。但是，C，你还记得么？有一晚，骂到家庭，Y忽然呜咽起来，因为Y的家庭，似乎有难言的隐病似的。C，你那时也忽然悒悒不欢。你大约是想你刚去世的父亲吧。我们是从来不肯互相安慰的。我们是一般的情痴，有泪便尽情地哭，有乐便尽情地笑呵！

但是，C，我们的不幸的命运，终于给那H先生说中了，他说："你们这一班小名士，饿也会把你们饿死了！"C，我们的狂放和骄傲竟敌不了那万恶的经济制度的压迫。斗鸡坑的生涯，竟一天天地黯淡起来。我们亲自烧炉，亲自买菜，亲自煮饭。这样的生活维持了不知几个月,而米铺子已经来讨米账了,煤铺子已经来讨煤账了,一月数元的房租竟也无力担负。C,在这样丑恶的世界,我们要作那自由而美丽的理想的好梦是没有不失败的。理想,理想永远是天际的微霞,是地上的昙花,它只能存在人们的脑里而不能实现在人们的身边。古代最伟大的理想家不是给人们钉死、磔死,就是给人们哭死骂死的,何况我们呢?渺小而怯弱的我们呵!就是受点饥寒、压迫、虐待、恶评,原是活该!

C,从那时起,你我便迁居在邻近胡同的一个小公寓里。大约是受了刺激的缘故吧,你我都不自觉的成了顽固的唯物主义者。记得有一天,Y来问我:"青年所需要的究竟是什么?"我说:"大约不过金钱和女子而已。"Y很生气,但一时也没有话可以回答我。我们那时对于这万恶的眼前世界,既十分厌恶,又免不了十分执着。那时Y曾提倡飘渺虚无的"大破坏主义",他自己挂起了"新英雄"的招牌,他反对我们谈恋说爱(可怜!我们的Y后来竟以单恋丧命!这一笔糊涂账真是从何说起!),他说:"破坏好像造路,假如前面有墙挡住了,最好是将这阻碍的墙一齐推平。阻碍前进的墙不推平,我们也不必提倡造路。"他又说:"中国的社会糟极了,没有彻底的破坏不必谈到建设。"C,你是否还记得,一班小朋友,在公寓里弄硫磺的故事么?从提倡破坏而到提倡结社谈文学,从弄硫磺而变到做歪诗,C,我们实在已经成为无用的懦夫而不自知了。后来你又因为恋爱而生了儿子,你既做了父亲,于是又不得不另租房子分居,而且你的负担一天重似一天,你便不得不离开北京而东西奔走。我们从此便一别四年。在这四年间,我们失去了我们的Y,可怜一位提倡破坏的新英雄竟因为恋爱而与草木同腐!C,我听说你一困于金陵,再轭于长沙,茫茫天涯,似乎竟没有你立足之地。因为你刻骨地厌恶群众,所以群众也刻骨地厌恶你。最后你只携着你的爱人而回到万山丛中的故乡。故乡,那里有美丽的青山,那里有清澈的绿水,那里多的是"日出而作,日入而息"的劳动人民。我以为你回到那样劳动的社会里,大约也可以暂时安心了吧。但是,C,我在从沪上寄来的一本故乡朋友们办的小杂志上,看见你攻击乡间的绅士和老顽固的文章,知道你到了那里又厌恶那里了。C,我总相信,坚执地相信,这世界是错了的,而且你总可以站在不错的一边。因为世界是虚伪，而你是真实；世界是敷衍，而你是彻底。无论你有怎样的罪恶，缺点，如社会上无数的"群鬼"所攻击你的所说；但是你的真实和彻底，足以使你的罪恶和缺点完全消灭，如浮云的消灭在热的太阳光底下一样！

C，昨夜，这真是梦想不到的，我接着你的来信，知道你已经从家乡到了杭州了，你现在湖上漂泊。你说你要到北京来，你说来到北京就饿死也甘心的。C，我不懂得，你为什么爱这样破烂、臭腐、荒凉的北京城！但是我记得一个新交的朋友K曾对我说："我爱北京，因为北京可以找着几个可谈的朋友。"C，我想你也许为了你的几个朋友而到北京来的。但是，我真有点怕见你，C，因为别来四年，你的斗鸡坑里的老朋友已经憔悴而且苍老得不堪了，你见面时一定要很惊怪，也许竟至"相逢不相识"。这遥遥阔别的四年中，我已经越过堕落的深渊，泅出爱恋的恨海，从穿了诱惑和恐怖之衣的恶魔的手中解放出来了，虽然我的身上还存在着许多世间的不幸的伤痕。我是从黑暗之城里久居的人，我已经不怕黑暗了。因为我相信，无论晚上怎样有星星和月光,日间怎样有红霞和太阳,但在这寂寞的人间,在这不进步的社会,永远是一般的黑暗,无论是午夜或是早晨。我对于人生热烈地执著的,我爱人间的声,色,香,味,虽然我对于狡猾而无耻的鬼们穿着绅士之衣在人间的城内奔走,有时也十分慨然。反抗是怎样无力呵!C,我现在的无聊的希望,只希望也找着几个狂放而骄傲的流氓朋友,在月亮地上再恢复从前在斗鸡坑的喝酒谩骂的生涯,聊以解解心中的积愤。来吧,快来吧,可爱的浪漫的C!饿死原是我辈份内事,而且我辈饿死也最好是死在一起!

衣萍 暴风雨过去的晚上

记 Mrs. Lorskaya

我应该感谢 Polevoy 先生,因为他的介绍,使我有机会认识 Mrs. Lorskaya,那有广大的爱心的女雕刻家、绘画家,从前莫斯科有名的女伶。

然而我觉得羞惭了,自从见了 Mrs. Lorskaya 以后。

那是前星期五的晚上,在 Polevoy 先生的堆满书籍的客厅中,我和 Polevoy 先生喝着浓茶,杂谈俄国文学和中国文学情形。他说已经将《阿 Q 正传》译成俄文了,还译了郁达夫君的一篇《薄奠》,《情书一束》里的各篇也次第译成俄文了。他说 Voronsky 要他写点中国新文学情形，他现在正搜集材料，预备写成文章寄给 Voronsky，在他主干的 *Na Literature Postu* 上发表。

Polevoy 先生来中国已经二三十年了吧，他的中国话说得很流利。在他的书架上，可以看见堆着的立着的大部分是中国的旧书和新书，他说他有时不买中国书便睡不着觉。他现在正自印他编的《中俄字典》，说是已经花了二十年的苦功了。他每周在北京各大学里担任四十点钟的俄文功课，而以每晚的余暇，及假期来介绍中国的新文学到俄国去。他可算是一个忠实的中国文化的爱好者和介绍者。两年以前，我在一个私立大学的宴会上初次认识他，我们谈论中国翻译俄国的小说戏曲，他所说曾看见某君翻译契诃夫的《求婚》一剧，内有一段对话，按原文当译"我爱你，你死之后，我还爱你。"中文译本作"我爱你，棺材之后，我还爱你。"我当时忍不住哈哈大笑，几乎把那晚吃的东西都笑了出来。此后，便没有再遇见 Polevoy 先生，但在我的记忆中，还记得他是一个留心中国文学的俄国学者。

上月中旬，我正呻吟病榻的时候，忽接 Polevoy 先生的来信，说他拟将我的小说译成俄文，要我允许他，并且要我将"自传"写成给他。那时我真觉得受宠若惊,我的小说在国内正受着一般大大小小的批评家的攻击,怎样可以译成俄文去丢丑呢?俄罗斯文学是世界文学之花!在那庄严伟大灿烂的文学花园里,怎能容纳异国的小草的移植与生存呢?后来又想到有人翻译自己的作品,究竟是可喜的。而且 Polevoy 先生是深通中国文学的人,因了他的美妙的翻译,或可减少原作的拙劣的描写罢。做"自传"是自画自赞的好机会,我终于毅然的允许 Polevoy 先生了。

记得 Virgil 在他的牧歌上曾说起:

> 年岁带去了一切的事物,记忆也同别的事物一样地消灭了。

我虽年轻,而小姐们近来已经当面背后喊我"老头子"了。我殆 Gibson 诗中所谓 Old Young Man 乎?病后的一月光阴云烟地过去了,而"自传"才写成几行字。

然而 Polevoy 先生的诚恳的谈话竟十分感动我了。他说中国需要创作,他说中国的新文学似乎还没有上轨道,他说中国所自谓无产阶级的文学家恐怕还是浪漫主义者。他问我喜欢读俄国文学中谁的作品,他问我中国研究文学的人何以特别喜欢俄国文学。我们谈起 Giles 的中国文学翻译的荒谬,我们谈起《金瓶梅》一书的文学价值。乱七八糟地谈了半天,时候已经很晚了,黑暗从窗外偷偷地袭进来,Polevoy 先生站起来,扭开了电灯。

"我的作品很不好,最好是不要全译。"我说。

"全译,我都喜欢,还有一两篇,一等到春假便可抽暇译完了。"他说,随手到书架上取下一本《情书一束》来,翻着说:"你自己喜欢哪一篇?"

"你呢?"

"我喜欢《从你走后》。"他翻着书说,"还有一篇《桃色的衣裳》。"

"我自己都觉得很浅薄,但中国报纸上的批评都不能叫我心服,他们全是传统观念很深的人……"

"中国,中国恐怕还没有批评家……"随后他又说起周作人先生的翻译小说的忠实,又说到 Trosky 的 *Literatura Revolutzia* 的英文译本之佳(我的朋友韦漱园、李冀野正在翻译此书),接着他很有兴致地说:"将来先生的小说译本付印的时候,我已经请了一位女画家绘画，《阿Q正传》的插画也是请她画的，她很喜欢先生的小说，也喜欢鲁迅先生的阿Q，她想要画一本阿Q的画呢。

"她是一个画家，一个雕刻家，又是很有名的女伶。她的画和雕刻在俄国都很有名，可是中国很少人知道她。

"她到中国已经两年了。她每天到街上去，用铅笔描写街上的苦人：乞丐，洋车夫，小孩，污秽的可怜的小孩，老人，从前是工人，老年不能作工才变了乞丐的老人。

"她很同情中国的苦人，她替他们画了不少的画，塑了不少的雕刻。她时常为中国的苦人们伤心。

"许多欧美人到中国来，画几张风景画：北京的天坛，北海，中央公园，正阳门楼。他们是到中国来享乐的。他们把他们的风景画拿到外国去，自然有些好奇的富翁和太太肯出大价钱买去，他们于是全发了财。

"她也很穷，可是她不愿意卖去她的中国的苦人的绘画和雕刻。如果她那样做，她也可以发财了。"

Polevoy先生愈说愈有精神了，忽然站起身来，走出客厅，不一会，拿了两个雕刻像回来摆在桌上，说：

"这就是 Mrs. Lorskaya 雕刻的两个半身像，你看——"

关于绘画，雕刻，我是一个十足的外行，（其实，我哪一样不外行呢？）然而 Mrs. Lorskaya 的两个半身雕刻像竟深深地感动我的心了，使我觉得羞惭，觉得耻辱，觉得无限的悲哀。因为眼前所摆着的，是我们可怜的同胞，可怜的父老，可怜的朋友。在热闹的街道上，在荒凉寂寞的穷乡僻壤里，你们随处可以遇见的，这样辛苦的脸庞，多皱纹的，瘦削的，颓唐而且勇敢的，而且有忍耐性的。他们工作过了，劳动过了，替人类多少创造幸福过了，然而他们可怜的被侮辱与被损害者，忍耐饥寒，忍耐社会上经济上的无限的压迫与苦难，他们受着父母的累，妻子的累，一切不可抵抗的自然的累，霜风吹着他们，烈日晒着他们，他们不知道叹息，不知道流泪，不知道痛恨，不知道怨尤和反抗。他们是怎样可爱的慈善的、优良的同胞啊！对着这样伟大的同胞的半身雕刻像，我真想羞惭地膜拜了。呵，我的上帝！

然而我竟想站起来走了，我没有脸面再坐在这样伟大的雕刻像的面前。我觉得自己的表现的文字的浅薄无聊。我描写恋爱，恋爱，恋爱，年轻的，美的，浪漫的恋爱。我描写得恋者的欢喜与失恋者的悲哀。我走进少女的卧室，偷入少女的罗帷，偷听少女与情人的灵魂的甜蜜的喁语。我曾被少女娇呼为"宝贝"，也曾被少女嗔骂为"听差"。呜呼！恋爱，恋爱，恋爱，少女，少女，少女，在我眼前的许多可怜的，辛苦的，劳动的，被损害与被侮辱的无量数的父老，兄弟，他们的生活与死亡，为何不代恋爱与少女而写入我的文字？呜呼！我这浅薄的，无聊的，可耻而且可诅咒者！我真想烧去我的一切的胡写的创作！

我真想站起来走了，但是 Polevoy 说："Mrs. Lorskaya 不久就要来了，我介绍你和她谈谈，请你等一会罢。"

随后他走了出去，回来很欢喜地说："Mrs. Lorskaya 已经回来了。"

不一会，我理想中的 Mrs. Lorskaya 真的走进客厅了，她与我一握手以后，便坐在我的对面。在灯光底下，望见眼前的 Mrs. Lorskaya，似乎有三十几岁了罢。

在她的仪态中，自有一种慈爱和悦的姿势：柔和而流动的声音，微笑的脸庞，说话时不停地挥她的手，显出一种说教的神气。我平常也是一个闲话很多的人，那时却讷讷说不出什么了。真的，我还有什么话可说呢？听她说起喜欢我的作品以后，我更觉得羞惭无地了。杂谈了片刻以后，因为 Polevoy 先生说我愿意看她的作品，她便立刻到里面去，拿了一叠照片和两本 Sketch 的簿子回来。

那些照片有些已经陈旧了，那是她从俄国带来的，那是她在莫斯科陈列的雕刻。真个是琳琅满目，美不胜收。我之记得一个 Lenin 的雕像和一个全身的少女的雕像，巍然地立着，我们的 Mrs. Lorskaya 站在那少女雕像的面前，显出祈祷的神气。那两本 Sketch 便全是她两年来在中国的作品了。那是我们国内苦人的现行图！那里有乞丐，污秽的乞丐；老人，抽着烟袋的颓废的老人；小孩，穷苦的小孩；车夫，辛苦的在风尘中奔走的车夫。在我脑中印象最深的是一幅拉大车的 Sketch，三个苦力拼命地向前拉，身子全向前弯着，脚步却在后面，成一条斜线。他们的大车上的负担真个不知道有几千斤重的,那负担实在太重了,那是我们一切的可怜的劳动同胞的共同的负担,重的,冷酷的,然而他们总拼命地向前走着,不回头,不停顿,不反抗,而且没有怨尤和诅咒。我对于图画是外行,我想起 Millet 的《拾穗》、《晚祷》和《播种者》。但他们给我的感动都没有这幅 Sketch 那样深刻,那样难受,那样伤感得几乎流泪。我并不是说 Mrs. Lorskaya 的艺术比 Millet 高,我不会那样糊涂,我只觉得那眼前拉大车的辛苦而勇敢的苦力,是我们在街上所常遇见的父老兄弟的缘故。

Polevoy 先生说是 Mrs. Lorskaya 还有很多的雕刻和图画,都是在北京创造的。我问她能不能开一个展览会,给同好的人看看。她微笑着,似乎表示允意,但要等将来有机会再定。她问我看过上次北京饭店的图画展览会没有,问我的意见如何。我说只喜欢克罗多的一张《北京酒徒》,旁的外国人画的全是画匠的作品,没有生命。她微笑着表示她的意见和我相同。她说:"除了克罗多,那展览会的画还是司徒乔好些。"她又说司徒乔年轻,很有希望。我问她见过司徒乔没有,她说是认识的。

她说话的声音愈快，愈有精神，眼光闪闪地，议论滔滔地不穷了。她说她初到中国时有一件事使她很奇怪，就是一个中国人在车上坐着，一个中国人在拉着车，这件事使她苦痛了好久，她不懂得车上的中国人何以全是泰然，安然，脸上现出毫不动心的样子，而且竟有在车上睡着的。她说研究艺术的人很可怜，就是眼前许多问题要想解决，而又没法解决。她说所有艺术家全是理想家，社会改革家。她说她现在留心研究中国的乞丐，觉得中国乞丐有两种，一种是以乞丐为职业的，一种是工人而年老或病废失业流为乞丐的，她说她最同情后一种的乞丐，那两个雕刻像是为他们造的。她说很喜欢我的小说——Polevoy先生译的——她希望我能够改改作风，走到工厂里去，走到贫民窟里去，走到洋车夫的家里去，走到乞丐的庙里去，到那里去观察，那里创作出来的小说才是真有生命的小说！她说希望我有那样的作品，她也愿意跟着我去观察，她可以在那里绘画。她说我们可以算是三个好朋友：她绘画，我创作小说，Polevoy先生翻译。

Mrs. Lorskaya 期望我太深了，我觉得惭愧，觉得感激，觉得有一种新的力量在我的心里，一种新的希望在我的目前。辞别了 Polevoy 先生与 Mrs. Lorskaya 回来，在黑暗的归途里，我不知道天上有没有稀疏的、无力的、虚伪的、薄弱的、光明的星星，只觉得晚风乱吹的灰尘的街道上，有无数的、可爱的、劳动的、污秽的而饥饿的父老，兄弟，姊妹，他们在那里彷徨着，奔走着，寻求着，奋斗着，为了他们困难的生活。高楼上的大时钟的短针指明已经十一时了。春夜的温柔呵！那洋房大厦里的老爷太太们正怀抱而喁语在锦绣的床榻中罢。不仁道的上帝啊！我愿意毕生漂泊在灰尘的街道中，伴着可怜的朋友们，那是我的永久的归宿！

一九二七，四，三，追记

记所遇

一

我不是一个狭隘的国家主义者,但环境和感情迫着我,叫我不能不走上热烈的爱国的路上去。我也曾梦想过,我只愿平平安安地做一个世界的国民(a citizen of the world),但眼前的世界,仍旧是一个弱肉强食的世界。帝国主义的英日方磨牙吮爪以啮我,我的神经受了严酷的烈火的燃烧,心儿无论如何再也不能平静下去了。丁尼孙(Tennyson)的诗说:

That man's the best cosmopolite,
Who love's his country best.

因为我爱世界，所以我爱国家。我不管朋友们在怎样笑我，我高吟着丁尼孙的诗，加入所谓爱国运动了。M很忧虑，以为整日里在烈日底下奔跑，于我自己无益。伊又嫌我生性太老实，怕不适宜于勾心斗角的群众运动里的生存。伊怕我终不免要走入荆棘丛中而逢着魔鬼。我说："这有什么呢？假如不幸而逢着魔鬼，也不过精神上受着些损害；假如不幸而踏着荆棘，也不过身体上受着些残伤。况且这暂时的损害和残伤，也许使我了解我自己的本国，比从前深刻而且真挚。这于我是有益的。"

我坦然地加入所谓群众运动了，我代表我的机关而加入团体会议。那天，正是愁云惨淡，欲雨不雨的时节，早坐着洋车到公园去开会。车儿到天安门，我看见两旁的红墙上，已经到处写上了斗大的救国大字，下面是"第一英文学校泣告"。我脑中回忆起三年以前我在东城的事情。那时我住在骑河楼的一个公寓里。同住的是H君，每晚挟着书包到沙滩的英文学校去补习，听说

H君所补习的英文学校上也加着"第一"的头衔罢。据说只有一个先生,教室就在公寓里先生的房间内。别来三年,这第一英文学校仍然是"第一",然而校址已经迁移,这回竟借着爱国运动而到处写上"泣告"的广告了。我想这广告又耐久,又不花钱,又劝人注目,诚然是一举三得。然而伟大的红墙上涂上小孩似的初写的"拙字",未免太不雅观了罢。然而这有什么关系呢?横竖大家是为了救国的事情。

到了来今雨轩了,那大厅里已经围着许多人,我有点认识的B君走到我的身边来。

"久不见了。"B君笑着拉着我的手。

"久不见了。"

"你也来当代表罢。我看这次弄得不好,怕要闹成八国联军。"

"嗡,嗡。"我点了一点头,没有勇气再来开口,便望人丛中一挤,挤到后面的一个空位上坐下了。

厅里陆陆续续挤到三四百人,空气也渐渐紧张起来。于是有一班不相识的人围坐在大厅的中间,说是开会的时间到了,于是大家拍着手。

于是有人推举主席。我茫然的抬起头来一望,主席已在大厅的中间站起来了。我想起未开会前 L 君对我说,他今天要提议,他以为国内零零碎碎的罢工罢市太不经济了。他提议应该全国总罢市罢工一天,以志哀悼。我想,这也好的。假如 L 君站起来提议,我当帮着说几句话。

然而其他的提议人站起来了,以为现在沪上急需大宗款项接济工人,我们应要求北京银行界即刻汇款二百万寄沪。又有人站起来,说是二百万太多,又有人说不多,于是大家喧哗到一片。议论忽然又转过来:

"本会应该有组织,没有组织,能办事么?"

"本会应该起草章程。"

"本会应该选举委员,有委员然后有章程,有章程然后有组织。"

于是从前几百万几十万的汇款议案全搁下了,上海的罢工工人大概也已经有了钱用,而会场大众的注意力全集中于选举问题。

"票选罢。"

"提名选举罢。"

"抽签选举罢。"

"抽签?又不是赌博!哪里是开会?真是打哈哈!"坐在大门旁的一个工人代表,愤愤地说。

主席茫然地站在中间。

选举的方法既然不能解决,于是有以拳捶桌的,有"吁吁"的吁出来的,还有挤进挤出的,这样纷扰了两点多钟。

"静些吧!外国人在外面照相。"从不知哪里来的这样警告。

然而纷扰还是照样的纷扰。我的头昏得不能抬起来,会场中炭气和汗臭冲得令人作呕,眼前的 L 君已经不知去向,天色也渐渐暗淡。我想,M 正在家里等着吃晚饭,这选举的问题又不知何时可了,还是回去罢。

公园里的柏树们都静悄悄地站在那里,红墙上也隐约地看得见"努力救国"等字。我想起解散的国会里投墨盒的故事,我又想起乡间为竞争选举而互相殴打的神气,眼前开会的纷扰情形——老的少的新的旧的,大家还不是从一个模子出来的么?

黑暗从天空朦胧地坠下来,迷糊了我的前面的道路。

二

我第一次从荆棘丛中跑了出来,虽然侥幸而没有创伤,但是我已经倦了。

我应该休息,哪里有宁静的乐园,让我闲坐在藤萝花下,让我闲听小鸟们的清歌,让我斜倚在我爱的人儿的胸前。

然而我的心,无可奈何的我的心呵,怎样怎样也不能平静。

从武汉传来的消息,那帝国主义的万恶英人,又已经开枪击毙我国很多的同胞了。我也愿意生活在美和爱的好梦里,然而这不是做梦的时候,远远地仿佛听得见隐隐约约的严厉的枪声,似乎有千万的同胞正在奔走呼号,就是以前什么时候做过的好梦,也统统抛到九霄云外去了。

我很悲凉地叹息,以为我们全国的人民应该团结而奋兴起来。我们反对英国,不是反对英国全体的人民,我们知道英国也有不少的好人,如罗素萧伯纳等便是一个例子。我们反对的是英国帝国主义的政策,是英国保守党内阁的压迫弱者的利己手段。我们反对万恶的帝国主义,为中国,也是为世界,我们的要求是:不幸的弱肉强食的世界,从我们自己的手里,造成为自由的、平等的、正义的乐园。

我赞美自由,也讴歌恋爱,然而我讴歌恋爱,曾受过人们的嘲笑和侮辱的。有一晚,我在一个朋友家里晚膳。座中有一位女客,在介绍过坐下以后,这位女客悄悄地问座上的女主人说:"这不是常常做情诗的章□□吗?"我听见这句话以后,真有点受宠若惊,从此而做文章做诗便改了名字。这不是我没有勇气,实在是省得同俗人们麻烦。我真钦佩匈牙利的抒情诗人 A. Petofi,他说得好:

> 我生最宝贵,
> 恋爱与自由;
> 为了恋爱故,
> 生命可舍去;
> 为了自由故,
> 恋爱可丢去!

伟大而勇敢的匈牙利诗人 Petofi 呀!你为了你的祖

国的自由而死在哥萨克兵的盾下,你已经以生命实行你的主义了!我惭愧我自己的怯弱,然而为了帝国主义的压迫下的国家自由,我愿意能竭我能力做我能做的事。

我又参加群众运动了,这是另外一个会议,仍旧在中央公园里,是在水榭。

当我第一次列席会议,我便被选为临时书记了,我觉得我的口的锐利也许不如我的笔罢,我便坦然地当了书记。然而一当了书记,便没有发言的机会了,我只能倾耳静听旁人的议论。这会议中的议论有些激烈的,似乎都是青年,至于戴小帽的商人及或来或不来的政客,他们是寂然无所议论;而议论要妥协的似乎又是中年教员们。

这是第三次的会议罢。前次做过主席的朱君拿了一封信给我看,这很奇怪,因为那封信的后面的署名是"杨振声",然而信中的恶劣的文句,大约不会是鼎鼎大名《玉君》的作者"杨振声"写的罢。信中的旁的话我都忘记了,似乎有一句是"你的尊夫人是英国人",大概以为"尊夫人是英国人"的人,便不该爱国的罢。这很使我叹息,虽然我和朱君以前是不相识的,而且我也不知道那位"杨振声"是谁。

忘记了那是第四次或是第五次会议，大约代表们还没有到齐，于是三三五五的人们闲谈起来，忽然有人发现胡适之先生受英国公使收买的新闻。

"怎样知道胡适之受英国公使收买的呢？"

"你不看见报么？胡适之替英国公使写信给学生代表，要学生代表去见英国公使。"

"这大约不确实的罢，受英国公使的收买？"

"谁知道呢？现在什么事都很难说。"

"嗡，什么事都很难说！"

"难说！"

我听得有点难受起来了，然而我也"难说"，因为我一开口，也许"受英国公使收买"的头衔又要加到我身上了，我只能难受而气闷地忍耐着。

示威运动的日期快近了，我们便大家在公园中开始筹备。

P女士被举为会计，的确是能干而勤谨的，然而左右似乎哄哄然了。因为办事没有领袖，于是有人自命为领袖。

于是误会开始了，有四五个人在门外努着嘴。

我因为要接洽示威运动的救护队且至报馆登广告，一方面也想躲避着内部的冲突，门外有公用的汽车，我于是便坐着汽车走了。

我忽然觉着不安起来了，在汽车上。朋友看见我忽然坐汽车，不要以为我发了财，而且来强硬地借款么？也许有人疑心我做了官，也许有人疑心我受了收买。然而在汽车上困苦，谁知道呢？北京的道路是那样不平，我坐在汽车上只是东西摇摆。平常总羡慕坐汽车人是阔气，如今自己坐在汽车上，才没奈何地叫苦连天了。

然而谣言又忽然盛起来，只要我一出去，便有人以为"章衣萍坐了汽车兜风去了"。我于是只得关在水榭的西厅，有事也不敢出来办。

二十五的示威运动总算举行了，然而我已经受热生了病。

三

我在家中病了两个星期，整日关在一个小洋楼上，望着天际的飘渺浮云，饭也不能吃，书也不能看，身上只是热火一般地燃烧。

我的确受了创伤了，然而我的成功在哪里呢？我的能力真太小了！然而我们的团体的能力又怎样地薄弱呢。二十五日的大示威已经过了，而北京的商店当天并没有罢市，其实主张二十五罢市的就是北京商会的代表。我们的代表是怎样地不负责任呀，筹款总会已经成立了，上海工商学联合会的款已经用完，我们所筹得的款在哪里？

光阴流水般地过去，听说我们会里的正式书记已经选出了，我正是小病初愈，方喜从此可以闭门养病。然而纠纷起来了，我又接到通知，于是会议重开。

M再三劝我不要去，我说："我是个临时书记，当然要去办交待。"我终于扶病而出席会议。

"危险呀！今天恐怕要动手！"

"打么？会议时不要吃茶不用茶碗。"

"连铅笔墨盒也不要。"

"他们又不是老虎！"

"静些吧，大家应一致对外。"

会议没有开，自己三三五五地喧哗起来了。我于是觉得头昏。

然而会议居然开了，于是两面的代表辩论、呐喊、拍案、退席，于是洋伞拍桌的声音，"滚蛋"的声音，一时齐发。

我觉得头痛得很，不能抬起来了，然而我不能走。

于是重新开始讨论，仍旧是讨论是否"合法"的问题，仍旧是选举书记。

"小心吧，门外有人拿着铁棍等！"不知哪里的代表，这样神经过敏地说。代表们已经纷纷退席，会议也于是终了。我走出门外，居然没有铁棍在前后环绕，而我也暂时觉得欣然。因为无论正式书记属于哪一方面，无论哪一方面"合法"，横竖我的担子总算可以轻松了。

我沉闷地跑回家来，M的饭似乎已经煮熟了罢，然而我只是咽不下去。随手翻开桌上的报纸，"英人预备炮击广州城"几个大字，惊心怵目地射入我的眼帘，我就忍不住地叹息。难道这样危急存亡的时候，还可以国内互相殴打吗？我们固然希望南方的江浙之战的消息是谣传，我们也希望这里那里的互相反对的团体的意见归于消灭。我们只有一个目的：我们是反对万恶的侵略主义的国家，我们要求自己的国家从帝国主义的压迫底下解放出来，我们还要求世界上被压迫的民族与国家全体从帝国主义的压迫下解放出来。

这虽然是渺茫而遥远的梦啊！让我们为这个梦而生存着，奋斗着。我们没有"力"，我们便应该培养"力"，十年、二十年、一百年、二百年……

这样，我们暂时虽失败，然而永久的胜利终属于我们。

然而我们的青年，中年，老年，正是互相倾陷，互相攻击，互相毁谤，这个团体正想并吞那个团体，那个团体也想破坏这个团体。灭亡的魔鬼在我们的一旁狞笑，不必等待帝国主义的国家的大炮打进来，我们国内的纷乱也可使我们倾覆而且灭亡罢。想到这里，便感觉无限的悲哀，胸脯痛得要哭。

我反对野心家政客利用爱国为升官的捷径，我也反对一切主义者利用爱国而为"发财的利器"（Money-making machine）。一切取巧者、野心家、好出风头者，是无可希望的。然而新的希望终于要来，那些穿短衣而严肃地在烈日底下奔走的无名英雄呀，中国的命运，将建筑在那样的人民的肩上！

七，十九，晚

中国的情歌

这是五年以前的事了,那时我从南京学校毕业,回到那万山重叠的故乡去。一夜,月明星稀,风景如画,我和我的朋友,缓步踏月,经过林木丛中的一小村。村中房屋,矮小清洁,俨然农家风度。那草场上,月色下,有许多男女小孩,三三五五,正在那里跳跃游玩。蓦地里,我听见两句歌声,从小孩丛中出,声音低回婉转:

　　拜望天天下夜雨,
　　留了夫夫睡夜添。

我很惊异地走上前去，清楚地瞧见那草场的东北角上，一个十四五岁的肥胖女孩，还在那里曼声高歌。我痴然直立，恍惚若有所感。这样迫切动人的情歌，不图在这穷乡僻壤的女孩口中，无意听得！

我想，世界上最美丽的诗歌，一定不产生于车马扰攘的城市，而产生于景物静逸的乡野。但是我怎能够久居乡野呢？为了衣食，我凄凉地在灰尘漫天的北京城中奔走，匆匆又已经五年了！想起那五年前月夜歌声，不知几时再能回到家乡，重听草地上兄弟姊妹们的情歌！

我想，假如我有功夫，我情愿做中国情歌的搜集者。我相信，村夫农妇口中所唱的情歌一定比那杯酒美人的名士笔下的情诗，价值要高万倍！中国文人所做的情诗，大部是轻薄纤巧，没有迫切动人的情感。记得Sara Teasdale女士曾这么说过："抒情诗的事实不妨是想象，但所抒写的情却须真实。"整千整万的情诗的大毛病，便是情感的虚伪！

情歌是迫切的情感焚烧于心，而自然流露于口的，所以虚伪的自然很少。就形式（Form）方面说，中国的什么七言、五言、词调、曲谱，都不适宜自由表现情感的。本来文字（Words）不过是观念的符号（The signs of ideals），用文字表示情感已经是很难的了。再加上一些形式的束缚，自然更觉困难。情歌在形式方面比情诗自由得多，句的长短，音节的和谐，俱本之天籁。中国的分音文字是最讨厌不过的，所以有许多很好的情歌，一到文人的手里写出来，便觉得十分累赘了。

谈到中国的情歌，自然不能不算《诗经》中的"国风"最古了。国风是古代情歌的结集！郑樵说："风者，出于土风，大概小夫贱隶妇人女子之言，其意虽远，其言浅近重复，故谓之风。"朱熹说："风则闾巷风土男女情思之词。"这两种解释得最好！《诗经》之所以有价值，所以能成为世界文学里的无比宝贝，正因为有国风一部分的缘故。《诗经》除去国风一部分，则所剩余的不过是些宗教颂歌等等，它的价值，至多也不过同印度的吠陀颂歌与希伯来人的诗篇（Psalms）一样！

然而这是可怪的！诗经的国风在近代已经找得许多知己了。有郑振铎顾颉刚一班考据先生替他解释，有郭沫若那样诗人替他译为白话。放着许多近代的情歌不去搜集，不去研究，却偏要研究三千年前的情歌，我不能不说中国人最好古心切。

男女互相爱慕，原是一种自然本能。你看：

> 小小子儿，坐在门墩儿，
> 哭哭啼啼要媳妇儿。
> 要媳妇儿干什么？
> 点灯，说话儿，
> 吹灯，做伴儿，
> 到明儿早晨，梳小辫儿。

这首歌描写小孩们想媳妇的情景，何等自然，何等有趣！寥寥的几句话，看去似乎滑稽，其实却是真挚。又如：

> 哎哟，我的妈呀！
> 我今年全十八啦。
> 人家都用轿子娶啦，
> 我还怎么不拿马车拉呀？

我们乡村中的小姑娘，伊们口中唱出这种自然的心中声音，虽然是愚得可怜，却又美得可爱。这种情歌的艺术上的价值，比那心中想男子汉，笔下却"母亲呵！""小弟弟！"一流的新诗，要高出万倍！

Conard Alken 说:"伦理同艺术是不能结婚的。"情歌是村夫村妇口中吐出的自然声音,他们只知道说真实话,不懂得什么是伦理。你看:

> 削竹棍儿,打桑葚儿,
> 姐夫寻了个小姨子儿,
> 关上门儿,盖上被儿,
> 左思右想不是味儿。
> 管他是味不是味儿,
> 黑夜躺着不受罪儿。

"姐夫寻了个小姨子儿"当然是不应该的事。然而世界上正多这样的事,却又何妨有这样的歌。真实是一切艺术的共同灵魂!又如:

> 死了男儿别怨天,
> 十字路口有万千。
> 东来的,西去的,
> 挑他个知心合意的。

这才是真实的妇女心中的思想!你看,"东来的,西去的,挑他个知心合意的。"这多么自由,多么爽快!什么"饿死事小,失节事大",不过是书呆子们关起门来的胡话!

中国北部有些地方,结婚的男女,年龄相差很大,这也是无可奈何的事!

(一)
待说郎来,郎又小;
待说儿来,不叫娘。

(二)
你小,我不嫌你小;
我老,你也别嫌我老。

这样能互相了解,自然也没有什么话说了。这首歌起初读来令人好笑,仔细想来令人悲哀。

妇女不幸而做人奴婢,已经够可怜了,然而那饱暖思淫欲的"相公"却想当伊做玩物。

金风玉露正娇秋,
诸色虫豕草里愁;
梧桐叶落风飘送,
片片愁云半空浮。

有一位书生独坐在书房内,里边走进了小丫头:

十指尖尖把香茗送,

含笑微微做俏眼丢。
书生一见真心动,
原来语气欲轻浮。
好一朵含蕊鲜花多娇嫩,
年轻披发貌风流。
隐隐胸前高二珠,
好像是两朵红云花粉的面上浮。
罗裙底下金莲露,
绣花鞋子小辫头。
书生看见情浓挚,
双手忙将粉颈勾。
丫头满面好羞惭,
便起一声"相公呀!
你十年窗下磨铁砚,
弗该应调戏我小丫头。
虽然小婢身低贱,
窃玉偷香一笔勾。
况且主母娘娘多严训,
拨出情意怎肯休。
倘然打死我丫头只当寻常事,
相公呀!
你难免这场羞。

> 倘有同窗好友来知道,
> 背后谈论说你歹。(读如邱)
> 我劝相公需要行正道,
> 读书人难逢占鳌头。
> 点穿纸窗容易补,
> 伤人名节最难修。

这一首歌写景叙情,面面俱到,又婉转又细腻,又动人。

现在的学生们时常买些东西送给女朋友,你看,乡间的男子送女子的东西:

> 一把扇子两面红,
> 相送姐姐搧蚊虫;
> 姐姐莫嫌人事少,
> 全付相思在扇中。

你又看,女子送男子的东西:

> 结识私情结识恩对恩,
> 做双快鞋送郎君。
> 薄薄里个底来密密里扎,
> 情哥郎着仔脚头轻。

我不知道那些替情人打绳衣的现代受教育女子,能否唱出这样的好歌!

天落雨了,情人外出去了,那女子口中唱的:

> 昨日夜里满天星,
> 今朝落雨弗该应;
> 情哥哥没带钉鞋伞,
> 小奴奴急断肚肠根。

天晚了,情人幽会了:

> 一更一点月出头,
> 哥在房边打石头;
> 妹在房中打主意,
> 早晒罗裙未曾收。

> 二更二点月照街,
> 轻手轻脚把门开;
> 双手来接哥的伞,
> 为妹情重哥才来。

> 三更三点月照楼,
> 手掀蚊帐挂金钩;
> 情哥问妹哪头睡,
> 双手弯弯做枕头。

四更四点月落西,
更鼓乱打鸡乱啼。
可恨金鸡啼得早,
鸳鸯隔散两分离。

五更五鼓大天光,
情妹送哥出绣房;
手拿衣袖抹眼泪,
难舍情妹好心肠。

这几首情歌,虽然多是七字一句,却也真实活泼,叫人看不出一些琢饰的影子。而且,你看,它是何等大胆地实说!

月圆了,情人离别了:

无情月,
挂在奈何天!
月呀!
你照人离别,
为什么偏要自己团圆?

这是去年的冬夜,我同我的朋友冒着霜风,走过那冷静的北河沿。我口中唱着上面的粤歌,我的朋友听见我唱了一遍,便能背诵了。好的歌谣是容易懂的,好的歌谣也是容易记的。

表妹想着表哥,这在中国社会上是常见的事:

俏佳人,临镜把头梳,
青丝拨上三圈弯,
白玉的簪儿鬓发上窝。
两边乌眉分八字,
樱桃一口自来酥。
秀才听,把手搓。
叫一声"好哥哥!
奴表妹弗是应怪你,
奴大号到你高厅上,
晤笃令尊翁不应耽迟误。
三生石上无名字,
姻缘簿里不清楚。
哥哥啦!
我爹爹不管家务事,
我母亲是常到佛楼拜佛念弥陀。
嫂嫂常到娘家去,
哥哥作客在京都。
兄弟年轻不懂啥,
书房里面用功夫。

小登科！

小登科！

哥哥日日来望望吾。

若然碰着我亲夫，

叫一声表妹夫，

我在旁边叫表哥。

这些情歌的价值，正如绍虞君所说："因为他不懂格式，所以不为格式所拘泥；他又不要雕琢，所以不受雕琢的累赘。"我还替他加上几句："因为他不懂道德，所以不为道德所拘泥；他又没有学问，所以不受学问的累赘。"

广漠的中国，那无量数的乡村男女间的情歌，正待我们的搜集。本文所引实难免挂一漏万之讥。但我们希望我这篇肤浅的小文能引起爱好情歌者的注意，在最近的将来，有一部《中国情歌集》出现！

十二，七，晚，一九二三

小别赠言

你冒着寒风回去,去到你的寂寞的故乡,听说那里的战场上还躺着许多人骨和马骨。你含着热泪去慰问你的可怜而多病的母亲,在那虎狼般的军队充满了的乡村里。我将怎样震颤而担心呢!

炉中的火已经旺了,我们移近椅子坐在炉旁。

我为你烤熟了几颗栗子,我为你剥开了几粒花生,我为你斟满了一杯开水。我爱,这是我替你送行的筵席。

我用震颤的手指,抚摸你的芬芳的、柔软的、剪短了的头发。别离的痛苦弥漫了我的心,我说不出什么,只凝视着你的美丽而流动的双眼,像流星一般闪烁的双眼。

静默的午夜已经走了,积雪还没有尽消,柏树显着祈祷的神气站在那里。

玄青色的天空,稀疏的星星,明月乘着白云的小舟在空中行走。

我爱,这是我们的别离时候!

你走了,我当回到我的小室中,把门儿关着。

我将珍重着地上的灰尘,因为这是可爱的你每天践踏过的;在寂寞的灯光下,我将低着头儿细寻你的足迹。我将每夜为你祈祷,对着天上闪烁的明星。

白天里狂风乱吹,我将为你而走到无人的旷野,在呼呼的风声中,我希望能听到从远地吹来的你的音息。

留一幅战场的惨景在你的图画中吧,洒数滴伤心的热泪在母亲的胸怀里吧,我爱,你应该珍重!这世界从古便支配在 Mars 手里!我们有什么能力呢?我们且努力高唱爱之歌吧,在 Mars 的脚跟未踏到我们身上以前!

你走的那日

悲哀的回忆

"我虽然赞美血和泪,我也不曾忘了爱和花。"思永微笑地说,无力地躺在藤椅上。我微笑地听着,没有说些什么。这是去年梅花初开的时节的事。园里的榴花红了,可怜的思永却已经死了两个月了!

我早就武断地说,思永的死,失恋是最大的原因!假使爱神不把思永关在门外,思永的病绝不会那么凶,思永也绝不会死得这么早。可怜的思永啊!伊的一封封的情书,都还珍重地藏在箱里;你的一首首的情诗,都还甜蜜地黏在纸上!浮云般的女郎的心呵!烈火般的青年的梦呵!我想起你们,忍不住满眼伤心的热泪!

什么是人生的究竟呢?为着真理而被书籍压死的人们是值得崇拜的,为着自由和正义而被枪炮轰死的人们是值得赞美的。为着爱情而被悲哀放在脚下踏死的人们是不是值得崇拜和赞美呢?我不是哲学家,我却偏要大胆地说:像枯叶一般的生,倒不如像落花一般的死!

可赞美的像落花一般的思永呵!

滔滔的爱河,我们原也滚在波涛里;然而为着茫渺的前途,我却忍不住这么深深祷告了:

"仁慈的上帝呵!假如爱情的心里只有金钱和虚荣,请你把真实的热烈青年,早些钉在十字架上罢!"

怀烧饼店中的小朋友

离帝王庙几十步远的街上，有一个狭小的烧饼店。店中右边是一个茶馆，茶馆前面摆着很多的小摊：卖瓜子花生的，卖破衣破鞋的，卖糖果破书的。烧饼店的出品，多半供给那茶馆中闲谈的人们和那些摆摊的小贩子。但有时有三五往来的洋车夫，偶然也跑去光顾几个烧饼，至于穿长袍戴金丝眼镜去买烧饼的，也许只有我老章一人罢。

我总觉得烧饼的滋味比什么不中不西的来今雨轩或西车站食堂的大菜好得多，尤其是和花生混合起来吃。

但同调的尽是那些苦朋友,他们每天弄得几个买烧饼的铜子,已经很难了,哪里还有余力去买花生混合起来吃呢?所以我好几次想买一块大洋花生,两块大洋烧饼,在茶馆中开个"烧饼会"。明知道是邀不到北京的一切阔佬和那些聚餐会的文豪们,但我知道那些摆摊的,拉车的,以及一切苦朋友们,一定是惠然肯来的,只可惜我的工作太忙了,一方面又因为三块现洋很难筹措,所以这个烧饼会到今天还没有举行。

那烧饼店里一共有两个人。一个是主人,大约有四十岁以上的年纪,脸色苍黄,而且憔悴,当我每次去买烧饼的时候,他总是拿着碗茶坐在桌旁慢慢地喝,好像这世界在他看来是没有什么事可做了。站在火炉旁做烧饼以及拿烧饼给客人的,是一个孩子,十三四岁的年纪,圆团团的脸,破衣里现出活泼而且强健的身体。我因为买烧饼的次数太多了,所以有一天竟和他攀谈起来:

"你姓什么,小孩子?"

"我姓王!"

他第一次听见我问他的话,好像很奇怪似的,眼光闪闪地在我的身上不停地望。我顿然感觉十分悲哀和寂寞。我身上的衣服竟把我和这个小朋友隔开了,我怎样能够叫他知道我也是同他一样地可怜呢?

但后来终于渐渐地和这个小孩子相熟了,我从他的谈话中知道他是本京人,家里什么人也没有了,所以在这里学做烧饼,烧饼当饭是吃店中的,一年还有一块大洋工钱。我近来因为受了陶知行先生的平民教育的传染,所以有一天竟劝他读书:

"你愿意读书吗?"

"我愿意,但我白天没有工夫。"

他说完这句话,把脸儿望望他的主人。我知道他是不自由的,于是便同那苍黄脸儿的主人谈了半天我的来历,和小孩应该识字的利益。那个主人总算不十分顽固,一方面也许是不敢得罪我这个体面的主顾,所以脸上表示十分赞成的颜色,笑着说:"只要他自己愿意,晚上横竖没有什么事。"从那一天以后,我便送了他四本《平民千字课》。我又告诉他,我每天晚自己要读书,所以不能来教他。他于是自己到对门杂货铺中去找了一个伙计,他是识字的,他同这个小孩很熟,愿意每晚教他。后来我每次去买烧饼,总问问他书中的生字,或者叫他读一课给我听。他读错的时候很少。《平民千字课》寻常要一个月读一本的,但他一月竟读了两本!我于是十分欢喜,有时和陶知行先生谈起,我总说我找着一个好学生了,这个好学生在烧饼店里!

我每天吃过午饭总照例要到帝王庙门口走几分钟的。有一天,那个孩子正在烧饼店门口和旁的孩子们玩,远远瞧见了我,便很欢喜的跑来:

"先生,你是北京人吗?"

这是他同我做朋友后第一次问我的籍贯,我真快乐极了,便答他:

"我不是北京的,我是安徽绩溪县人。"

"你也回家吗?"他问。

"我已经好几年不回家了。"我答。

他问起我的伤心事来了,我又不好告诉他我不回家的原因,只得含糊答他:

"我的家庭同我思想不合。所以我不回家,也许永远不回家的!"我真傻了!这小孩子懂得什么叫做"思想不合"呢?他听见我的话想了一刻,似乎很替我悲伤地说：

"那么，你也很可怜呵！"

"是的，我同你一般可怜！"

"你有没有好朋友呢？"

"我有，我只有一个好朋友，我的最亲爱的。"

我又傻了！我告诉这小孩子什么"我的最亲爱的"，他懂得什么"爱"不"爱"呢？我于是有些脸红了，不好意思的对他说：

"再会，小朋友，我要工作去了！"

最近五六天来，我因为晚上失眠，又似乎有些病了，所以没有出门。昨天下午身体好了一点，偶然到街上寄信，经过烧饼店门前，我似乎没有看见那圆脸的小孩，心中觉得十分奇怪。回来时有些放心不下，于是便走进烧饼店去看看。那站在火炉前的，不是圆脸小孩，而是黄脸主人了，我于是便急急地问：

"你的徒弟呢？"

"他走了！"

"到哪里去了？"

"他走了，他走了！"

这黄脸汉子的声音表示他十分不高兴，我不好意思再问下去，只得怅怅地回来了。这正是狂风乱吹的春夜，我坐在我的寂寞的房里，"晚来香"吐出芬芳的香味来安慰我，我的心儿无论如何也不能平静下去了。可怜的圆脸的小孩呵！你现在漂泊在什么地方呢？只有你的命运也许知道罢！我又想起这样活泼、强健、聪明的一个小孩，倘若能使他由小学而中学而大学，假如他能到美国去留学，他也许能进什么哥伦比亚得一个博士回来；假如他能够到英国去留学，他也许能进什么康桥大学，也可于课余帮着人家去踏破罗素、威尔士一流名人的门槛；假如他能到法国去留学，他也许可以里昂、巴黎的东西奔走，只怕他又染了一身梅毒回来！我愈想愈糊涂了。往日我只要喊着我的爱人的小名，便能安静地睡着了，但今天却无论如何，无论如何把我的爱人的小名喊一千遍，再也不能平平安安地睡着！

春风沉醉的晚上，一九二四

月老与爱神

在沙漠国里,男人和女人配合的大事,照例是由月老一手经办的,我幼年曾听见我的祖父说过月老的故事。据说月老是一个有胡子的老年人,常在月下看书,这书名为《天下之婚牍》。他的身上还背着一只袋,什么男人应该配什么女人,在书上已经注定了,他便用赤绳把他们俩的脚捆起来,放在袋里。

据说唐朝有个名叫韦固的,曾经遇见过月老,后来似乎便没有人再见过他了。然而沙漠国的人们,无论男女，都是绝对服从月老命令的，一经赤绳系足，便终身不离。几千年以来，全是如此。

天下究不能常治而不乱！自海禁大开以还，海外有所谓夷狄邦者，男女配合，素由爱神统治。

夷狄邦和沙漠国相离虽有几万里，然而爱神是有翅膀，很会飞，于是一飞便飞到沙漠国来。

自从爱神来后，沙漠国从此不安。

爱神射下了许多爱之箭在沙漠国，于是沙漠国的青年，可以拿着爱之箭，自由地射他所爱射的人；于是群起而与月老为难，有所谓"反抗赤绳运动"。

然而也有一部分被赤绳系定的人们，甘受拘束，高吟"情愿不自由，也就自由了"的名句。

这时节沙漠国里，报纸、杂志上都充满青年们的"花呀！爱呀！"之歌。

老顽固关起房门，坐在房里叹着气说：

"肉麻！肉麻！"

小顽固站在房外，也跟着乱嚷："肉麻！肉麻！"

过了两年，"花呀！爱呀！"之歌忽然都不见了，而且,据说因为沙漠国里的新文化运动家,用了道德之绳织成网子,布满空中,于是爱神也飞折翅膀。

沙漠国里以后的事怎样呢?

看罢!……

一九二四

关于"无常"

昨天踱到四马路,买了一本《莽原》第二卷第十二期,这是我好久不曾看见的刊物了。鲁迅先生的《朝花夕拾》后记,有一段讨论关于"无常"的考证——虽然这些考证都是"死无对证"的玩意儿——颇使我十分有味,虽然我素来没有"考据癖"和"历史癖",也忍不住来凑个热闹儿。

鲁迅先生文中曾引用《玉历钞传警世》和《玉历至宝钞》两部书,这两部书我没有见过。据鲁迅先生所引,"书上的'活无常'是纱帽花袍,背后插刀;而拿算盘，戴高帽子却是'死有分'"。鲁迅先生因此不心服，因为他幼小时所看见的一部《玉历》并不是这样。于是他把《玉历钞传警世》和《玉历至宝钞》内的"活无常"和"死有分"的插图印在本文外，又自己动手画了一个"无常"像，是头戴高帽子，手拿芭蕉扇，脚穿草鞋的。（要鉴赏鲁老先生的绘画艺术的可快看。）

我已经好些年不曾见过"活无常"了（真"无常"自然没有见过，否则我也没有福气来写这篇小文了，我见过的是活"无常"和木"无常"），我记起幼时在城隍庙和"目连戏"所见的"无常"，可以证明鲁迅先生所画的"样子"是大致不错的。我们敝处的"无常"有两种，一种是"白无常"，高帽素服，脚穿草鞋，手拿芭蕉扇，帽上还有四个字："一见大吉。"一种是"黑无常"，浑身漆黑，大约同黑奴一样，黑衣黑帽，帽上有四个白字："一见大疑。"

我幼时不大明白，"白无常"和"黑无常"全是阴差，是干捉人灵魂的勾当的，何以一个的帽上标明"大吉"，一个又标明"大疑"呢？后来听父老传说，"白无常"性情慈悲，假如是他奉着阎罗王之命来勾人，只要病人的家里大哭一场，哭得十分悲惨，他可以把勾魂票提回，到阎罗王面前乞命，病人就忽然痊愈。所以遇到"白无常"的人家是有福的，故谓之"大吉"。至于"黑无常"就性情残暴，无病之人遇着他也非死不可。本来他的帽子上的字是"一见大凶"，后来人们觉得"大凶"两字究竟不雅，所以替他改为"大疑"。所谓"大疑"者，是人们对于"黑无常"的性情还有怀疑之意，希望他之能革面洗心，改凶为吉也。

所以敝处的人们对于"白无常"都有恭而敬之之意。并且还有种种传说，以为"白无常"的家里一定有一个很漂亮的老婆。何以见得呢？因为"白无常"的模样就不坏，白衣白帽，就如夏间的时髦女学生装束差不多，何等可爱呢。又说"白无常"生前是孝子，因为自己痛父母的早亡，所以来干这"无常"的勾当，本意是希望延长人们的寿命的。至于"黑无常"，人们又称他为"肮脏相公"，因为他大约是阎罗王的什么姨太太的儿子，所以敢于胡作胡为。

孟子云："尽信书则不如无书。"（究竟是孟子还是孔子说的呢？因为忘记了，又舍间的古本《四书》，早已卖去买米吃掉了,无从查考。我的侄儿虽精于国故学,因为作客他乡,问难无从。)《玉历》上所谓"纱帽花袍"、"背后插刀"之流,鄙人颇疑心为"判官",但"判官"手里提笔,背后没有插刀,是其不同也。然而现在拿笔的老头儿也提倡杀人,则"判官"插刀,或亦理所必致,事有固然乎?

一九二七,十二月

吊品青

从小峰处得来的消息,知道品青已于两三个月前在河南病故了,这实在很令人悲伤,但为品青自己,沉默的死或是他自己所希求的罢?我有什么话可说呢?品青在语丝社的一班朋友中算是年少的,我不知道他究竟多少年纪,回忆在沙漠的北京城的街道上,他和我和小峰携着手儿徘徊着,常常三人排成一字形。曙天说:"看哪,这三个无赖样儿!"我们总是疯疯癫癫地携着手,在往西三条访鲁迅先生或往八道湾访启明先生的道路上,抢着吃买来的饼干或果子。这情景小峰是记得的,品青在地下也应该还记得的罢？但现在小峰在上海，鲁迅先生在上海，我也在上海了，启明先生还在北京。半年以来，很零落的几个语丝社朋友为饥寒和环境逼得东西星散，而《语丝》能勉强地在上海继续出版，这或者是品青地下所愿意知道的消息罢？回忆森隆楼上，会贤堂中，语丝社的老头子和小孩子围着听疑古玄同的高谈阔论，品青和我抢着吃甜的点心。什刹海中的水早结了坚冰了罢，坚冰春来会解，语丝社的狂放的欢乐的筵席将来也许有重聚的希望罢。但地下的品青终于不会再来了。谁和我抢着吃甜的点心呢？小峰老板近来是富而且胖了。我近来还是常常生病，曙天近来身体却很好。伏园的胡子是长得不像样子。天寒地冻，品青在地下生活若何？我不相信人死会有灵魂，但在我记忆中的品青还是活生生的。品青，记得我们分别，还在你未病之前。你病盲肠炎和肺炎的消息是启明先生告诉我的，后来又听说你已经病愈出院，小峰邀我来看你。我不知什么缘故没有来。后来小峰回南，忽然听见孔德的一个朋友说起你已经疯了，整日一个人在外面乱跑。并且总怀疑旁人害你，连对于我们最敬爱的启明先生也有微词。我知道你已经神经变态，但我想不出什么法子可以安慰你，因为我知道能够愈你的病的世界上也许只有一个人罢。后来又听说他们把你送进医院，你要从医院的楼上跳下。大家没有法子，只得由你的家人把你送回河南去了。夏天我由北京南来，动身前听见静农说起你在河南正在用鸦片消磨你的生命。静农的消息是从孔德得来的。品青，你竟用鸦片麻醉你自己的心灵么？人世太寂寞了，桃色的爱又常常变成灰色的虚幻。你不能寂寞以生，自然希望沉默以死。况且你的故乡的河南正在刀兵水火之中，你的家庭也有若干的纠缠罢？你的死是我们意料所及的事。品青，你竟永久地平安地沉默地去了。在这样扰攘不安的诡谲而黑暗的乱世，死对于人生也许算是幸福的事罢。但是，品青，你的清瘦而苍白的影子却印在语丝社的几个朋友的心里，直到永远！

　　　　　　　　　　　　一九二八，春天

无聊杂记之一

（小序）

春寒寂寞，愁云满天。伏居看报，则触目惊心；出门漫游，则干戈遍地。而况米珠薪桂，长安真非久居之邦；加之贫病缠绵，室人时来叹恨之语。呜呼，我生不辰，逢此浊世。诵古人"四海杀人知多少？留住头颅贫亦好"之句，聊以解忧。忆莲生"不为无益之事，何以遣有涯之生"之言，亦堪自笑。《无聊杂记》，于是乎作。

     兔儿年，初春，于方块书屋

五年前，余寄居东城之斗鸡坑。一日，得友人陈旭书，附一诗，格调甚古，仅记其末句为"借问东流水，离情孰短长?"二语。当时余之"斗方气"亦极重，即填《梦江南》一词答之，词如下：

东流水，
含泪答相思，
湖海飘零无定所，
青春半是别离时，
往事怕重提！

陈旭者，余在宁中学时之密友也。临别时，赠余以词，调寄《一剪梅》，开首有"江南共读几经春，行不离君，坐不离君"之句，可见当时交情之浓。余之《梦江南》词，语意平常，一无足取。此词后为铁民所见，即用原调和一词嘲余：

真奇事，
"马二"亦填词！
除却"相思"难下笔，
抛开"含泪"便无词。
痼疾已难医！

铁民此词，真是骂得刻毒！"相思"、"含泪"二句，可谓骂尽天下古今一切的鸳鸯派词人！他何以在词中称余为"马二"呢？因为那时我和铁民思永要计划选一部《新诗选》（后来这笔买卖给北社抢去了），三人常以"马二"自命，马二者，即《儒林外史》上之选家马纯上也。（此马二与现在某方之马二将军，以及某校之马二女士，一概无关。预先声明，以免误会。）

思永来，见余及铁民填词，不觉技痒，即和原调填一词嘲铁民：

> 翻《韵谱》，
> 细检许多回；
> 搜尽枯肠无一字，
> 呕空心血实堪哀！
> 何必苦敲推？

铁民不懂韵，而且造句甚迟，故思永以此嘲之。实则余与思永彼时之不懂韵，亦与铁民同。每填词，则手《诗韵》一部，反复查阅，构句甚苦。（嗟嗟，而今方块之有韵诗忽又风行矣。不知彼辈作诗时，是否亦曾"翻《韵谱》，细检许多回"也。）酒酣耳热，百无聊赖，乃合填《如梦令》一词以自嘲：

"马二先生"三个，（衣）

《诗韵》几乎翻破。（思）

肚里本无诗，（铁）

何必硬将诗做？（衣）

谁做？谁做？（铁）

思永铁民和我。（衣）

联句诚无聊！然以无聊之人，在无聊之时，为此无聊之事，较之吃花酒、打牌，或举行聚餐会，也许稍觉"风雅"耳。余等合填之《如梦令》，当时颇自以为佳，且得"吾家博士"之称赏。呜呼！清明已过，思永之墓草青青；饥寒驱人，铁民已扬帆南下。友朋离散，索居寡欢。回忆前此一段姻缘，乃不禁"含泪"记之于此。若云假充"名士"，则余岂敢！

四，十一，一九二七

寒窗琐记

——吉卜生的《日常面包》

想象（Imagination）与观察（Observation）在诗中有同样的重要。近年来的中国新诗，有一种共同缺点，就是抒情的分子太多了，写实的分子太少。

近来读吉卜生（Wilfrid Wilson Gibson）的《日常面包》（*Daily Bread*），得了不少的感兴，吉卜生的确是一个写实诗人。

吉卜生诗中的材料，不是风花雪月，也不是姊姊妹妹，也不是弟弟哥哥，他的材料是从下流社会得来的，工厂里的小工，城市里的贫民，他写的都是第四阶级的贫苦的不幸的男女。面包，面包，日常面包，坐在象牙之塔里戴着桂冠的诗人们，大约都不感着面包的重要罢。然而，只要象牙之塔里没有面包，诗人们也只能饿着肚子走了出来。

我且把吉卜生《日常面包》中的一首序诗译在下面吧：

> 人们都向着一个标准跑——
> 日常面包，日常面包——
> 生命的面包，劳力的面包，
> 辛苦的面包，爱愁的面包，
> 从手到口，没有明天，
> 家人缺食，邻人饿倒。
> 虽然孩童已经吃饱，
> 哎呀，难道没有剩下一些宝贵的碎面包？

吉卜生的诗集，除了《日常面包》外，我见过的还有以下三种：

(1) *Fires* 《火》 (1912)

(2) *Borderlands* 《边地》(1914)

(3) *Thorofares* 《通道》(1914)

他生于一八七八年,今年已经五十岁了。这一个没有什么人注意的英国的劳动诗人——无产阶级诗人,我将来当详细介绍他。

一九二八,三月

病中随笔

近来看见胖子就羡慕了,为了自己病得太瘦了的缘故。

创作家可以有许多女人们刻在他的心里,不应该有一个女人跟在他的身边!

看见杂志上许多人通信讨论许多不相干的问题,想起几年前,胡适之提倡多研究问题,少谈些主义,于是有一个不相识的青年,写信问他:"我的嫂嫂打了我一个嘴巴,这个问题你看怎样办?"

胡子承相信佛教，厨房里的鲫鱼要养死了才肯吃。

一个和尚到徽州第二师范讲演，晚上给蜈蚣咬了，他把蜈蚣捉住，喃喃地说："这是前世的冤孽哪！你如今咬了我一口，总算报了仇了。你好好地走吧。"他于是把蜈蚣放走了。

某文学家住在丝网以内的租界上，见着人，便很神气地说："你不紧张！你不革命！"

姊姊说："陈先生的书架上这样杂乱。"弟弟说："不要紧，文学家的书架都是那样乱，鲁迅的书架也是那样乱的。"其实弟弟虽然看见过鲁迅，却并未看见过鲁迅的书架。于是我说："鲁迅的书架一年四季都是理得整齐的。"

因为我躺在床上吐血，于是学校里有人以为我兼差去了。

某文豪说某女士的剧本是不革命的。某女士说："你怎样知道我的剧本是不革命呢？你看完了剧本的末一节没有？"某文豪说："我不用看，我只看了这剧开始的几句，便可断定你是不革命的了。"

秉璧从柏林来信说:"只有在外国才能读书。"这句话有理。

一个教授的文章上说:"卢梭以前就有了卢梭主义。"

于躺床吐血的时候 一九二八,三月

在灯下

伏园兄:

　　许久不见了,听说你从妙峰山进香回来,头上灰绿色的帽已经变为白色了,朋友们多以为你所以戴白色的帽,为的是便于插上红色的花。但我想你这次同颉刚先生们从妙峰山带回来的,一定不止这枝红色的花吧?妙峰山的观音(不是真光剧场所演的《观音》),定能给了你们许多的神秘,许多的灵感,许多的乱七八糟,许多的"无音的音乐"。听说《歌谣周刊》也许要出一期《妙峰山专号》,这是我所闻而欣喜的。但我想你老人家也很久没有做东西了——去年你写了一封长信,说某省的女子是不穿裤子的,结果是给某省人大骂了一顿,骂得一句话也不敢说;假如你现在再写一篇什么东西说妙峰山的观音是不穿裤子的,我想这番再不会闹出什么乱子来罢。观音手下的猛将,只有金童和玉女二公,此二公都是很美而且温和的。观音就是要同你捣乱,派出什么金童和玉女到你的梦中来找你,我想你老一定也极愿意和他们周旋的,将来通起信,打起笔墨官司来,一定又是红色信封,绿色信纸,香气袭人地摆在副刊编辑的桌子上。这样稿子在副刊发表出来,真是我辈三生有幸了,我也许能从寂寞的古庙里,远远地嗅见从天际飞来的妙音。老兄,这岂不很好?我望你的论妙峰山的文章快做吧。

这两星期以来我真苦极了。小妹妹天天生病,我自己又要教书,又要做工,又要坐洋车奔走,早上起来,有时还要提着篮子到市场去买鱼,买肉,买油,买盐。我一个人做教员,做小工,做看护,当听差,真是弄得天昏地黑,一塌糊涂。老兄,你知道的,前两个月,我是天天达尔顿制迷,你们要同我讨论琴心女士的真假问题，我便免不了要扯到柏克赫司特女士的身上去，结果是做成一篇一万几千字的又长又讨厌的文章。虽然小峰和你都在那里恭维我，说那篇文章还可以一读，其实我自己是在洋文书中东抄西袭，混混而已。中国现在出版的达尔顿制书籍也许可以凑到一打有零，杂志上的论文更是盈千累百。其实英文书籍讨论达尔顿制的并不很多，就我所知，重要的也不过四五种而已。达尔顿制的难处不在谈而在行，我们关起房门一年也许可以做成几本洋洋洒洒的达尔顿制的讨论集，但我们打开房门，也许十年办不好一个达尔顿制的学校！我对于教育，真是外行，外行，又外行。我也想不到，自己要丢下文学，研究教育。但不研究教育，如吃饭何！我自始至终不相信读书是为了做人。教员拿教书去混饭，作家拿文章去卖钱，是学者的学问，同商人的商品，正没有两样。我所以要研究教育，正因为我暂时不能不在教育界混饭。至于我高兴起来，有时也胡凑几句歪诗，写它一两封情书，但这种赏心乐事，无所为而为的精神，也正同玩水登山，消遣而已。我现在仍欢喜研究小泉八云（Lafeadio Hearn），但我已决定此生不敢再想翻译。一来因为我没有盘费跑到欧洲，二来也是我怕来惹骂。我自始至终看不见世界上有什么艺术之宫，也看不见中国有什么文坛。从前曾有人要拿着黑旋风般的大斧，站在艺术之宫的门前，不许闲人入内。其实艺术之宫见于何方，筑于何时，里面住了有若干人，我到今天还十分怀疑。但假如走进艺术之宫的门有如此之难，不幸而要尝大斧的滋味，那我就永远情愿住在古庙，当一辈子的和尚。现在我们的朋友刘丁君又要在中国文坛上来刈臭草了，而且甘人君也同样地拿起刈刀，到文坛上去努力。我到今天还忘不了，刘丁君和甘人君曾餐我以美味之鸡，一鸡之恩，也许竟终身不忘。但我毕竟是戴上眼镜，看不出中国有什么文坛，我看见的中国，只是你杀我，我杀他，一个杀场而已。中国的特色是军人，军人，军人，不是什么东南西北的文学家。文坛不是容易筑的，要泥土，要肥料，更要多数的撒种者。但是可怜的中国文坛呵！你的撒种的人在哪里呢？刈刀在中国，实在不如锄耙的重要。我不是故意替"臭草"辩护，"臭草"原应该割。但谁能为我们种下一两株香草呢？"花"和"月"在世界上，几乎到处受人欢迎，然而在不幸的中国，"花"

和"月"也特别遭殃。花和月何尝害了你们,你们自己不会赏鉴花和月,所以硬要把它们拿下臭沟,任你们的狗屁文学家,随意涂抹。我虽然爱好文学,但我永远没有野心,想在中国老起脸来做什么文学家。罗志希真不长进,他跑到美国糊糊涂涂地睡了一觉,却远远地写什么信来谈"射他耳",并且想把吴稚晖先生扯下"泥潭",陈西滢也站在一旁帮忙,硬要把这个铁打的吴老头儿,用火焚化,铸成臭而且软的文学家。难得吴老头儿骂得真好(文学家卖几文一斤呢)!我看了《猛进》上吴老头儿的大作,真忍不住哈哈大笑,拍案称快。有人拿文学平衡家①的眼光来评我,说我无论是做诗写文,总离不开女子,并且风闻还有什么地方的什么"郎",曾悄悄地写信给你,请你不要登我那样的无聊稿子。我因为存心不做文学家,所以对于任何平衡家的议论,都一概不理。小泉八云曾说过:*The great prose writes, outside the easy of history, are nearly all famous as tellers of love Stories. And it is almost impossible to*

---

① 评论家。

select half of a dozen Stanzas of classic verse from Tennyson or Hossetti or Browning or Shelley or Byron, which do not contain anything about kissing, embracing, or longing for some imaginary or real beloved. 但西洋诗人言情说爱则可以,中国则不可以,况且我不是诗人,当然没有言情说爱的资格。花和月的文学,在中国现在,诚然免不了要受取缔,将来也许要定出法令来:"在诗中发现花、月、爱、女等字者,每字答二百。"

灯下信笔写来,已经太长了。本来想正正经经地写些什么,却仍然说了一堆玩话收场。小妹妹已经熟睡了,我也应该走了。本想把这封信搁到明早再添上些什么,但明早又要走到市场去买油,买醋,想添上的也不过一些油醋而已。所以在灯下就把这封信发出了,你此时大约还在洋车上奔走罢!

衣萍 五,十一晚,一九二五

捧　场

静之吾兄：

《情书一束》出版后，就想找个什么人捧场捧场。记得美国有本杂志上，曾绘着一幅图画，上面是一对著作家夫妇。男的一只手高举起他的一册新著，向着女的说："吾爱，世界上只有你懂得我这本书的好处呀！"女的笑着说："是的，吾爱，世界上只有你写得出这样的好书呀！"这幅画曾幽默地印在我的心中，很久很久。我想，要是我的她不病在医院，趁着我的拙作现在出版的良辰，我们俩又何尝不可关起房门，再绘一幅那样的图画呢？然而偏偏她又病了。我的天呀！世界虽大，你教谁来替我这册小书捧场呢？

天沉下脸儿，似乎在说："你的朋友呢？"朋友吗？我的朋友，从近处数起，由北京而南，而南京，而上海，由上海而数到外国，到巴黎，到伦敦，到柏林，到纽约，到……一总算起来，也不过一打人吧。远水难救近火，在外国的朋友不用提了。北京的朋友，就将《语丝》的一班伙计们说说吧：《语丝》的老伙计，周鲁老，周启老，钱玄老，刘半老，林玉老……这些老头儿平常都不喜言情说爱的——是的，周启老仿佛译过一些言情说爱的小品吧，然而现在也不译了——对于我的拙作不会赏识，也不肯捧场吧。其余的小伙计，如"老板"，如品兄，如……虽然都是"二八年华"，却已经宣言"古井不波"了，也未必肯来对于言情之拙作而加以恭维吧。只剩得一个做过《月夜》的川岛，川岛，是的，只有川岛，他也曾热烈地言情说爱过吧，然而他现在是做了父亲的人了。有了女儿的川岛，还能来陪我言情说爱么？哦，不用找，《语丝》的一班伙计，全没有替我捧场的希望的。北京没有了，于是找到南京，南京的两个朋友，一个病了，一个疯了。南京没有，于是找到上海，找到自称为"情痴"的静之，做过《蕙的风》的静之。哦，静之！你，你一定得替我捧场了！

于是我便想将《情书一束》寄一册给你。静之，我想，"世界上只有你懂得我这本书的好处呀！"但是，天呀，偏偏不凑巧，静之，你的通信处呢？你一个月搬了两次家，我已经把你的通信处丢掉了。我要将这册小书寄到上海的什么地方给你呢？哦，哼，《情书一束》寄不出，捧场的人找不得！她是躺在床上呻吟，我是对着板壁生气。

气生完了，没有法子，还得来自己捧场。

静之，你听——

小仲马摇头摆脑而叹曰："我也许再能作一篇《半个世界》（*La Demimonde*），但我却不能再成《茶花女》（*La Dame Aux Camelias*）了！"

章衣萍摇头摆脑而叹曰："我也许将来能做什么再好的小说，可是我却不能再成一部《情书一束》了！

"假如父亲不许他的儿子看《情书一束》，《情书一束》会悄悄地跑进他的儿子的口袋中；假如母亲不许她的女儿看《情书一束》,《情书一束》会悄悄地跑进她女儿的绣被里!"

唉,唉,捧完了,肉麻,肉麻,好臭,好臭!

"文章是自己的好,老婆是人家的好。"对,谁说不是?

小仲马,哈,我不想做小仲马,我连大仲马也不想做,我只是打一个譬喻!

静之,你想,我的胡子一年长一年了,还有什么脸面老是这样言情说爱下去么?我的玫瑰的道路已经走完,横在我的前面只有荆棘的道路。

《情书一束》大半是多年以前的稿子,写得那样粗梳,那样琐碎,那样无聊……而且付印前后,我病了,她病了,她病了,我又病了,病到如今,她还在病。

静之,你看,书中的一些要修改的地方,我也来不及改,漏洞,缺点,我自己曾指出几处。

然而,还是不说了,"家丑不可外扬",自己的丑,难道就可外扬么?打折胳膊向里弯,自己终说自己好!

《桃色的衣裳》的全篇,《红迹》的一部分,静之,你看,那是我所稍稍满意的,你及你的夫人看了怎样?

呜呼,假如我幸而囊中能有几十吊铜子,我将如北京国民大会时某派一般,二吊铜子雇一名喽啰来捧场。不幸而我囊空如洗,我只好自己来捧场,写成这样不害羞的自己捧场的信。

知我罪我,听诸君子。

写在她的病榻前 衣萍 五月十七日,一九二六

语丝与教育家

启明先生：

许久想到八道湾玩玩，只是没有工夫。每天在庙里望着红墙一坐，一天的光阴就悠悠地过去了。这两天伊又小病，油盐也得自己料理。在庙里修行的和尚还要管家庭大事，真是忙煞人也么哥，恼煞人也么哥！

小僧今天写这封信给先生，并不是穷了想要借钱，也不是闷了想要诉苦，只为了咱们《语丝》方面一件大事。

近来常听见北方的教育家们"慨乎言之"的说："青年学生看《语丝》的太多了，总之不是好事！"小僧静坐一想，他们的话也实在有理。《语丝》并不是为了青年学生而出世，它的目的也不在普渡青年学生。《语丝》自有《语丝》之真：说滑稽话和骂人似乎是《语丝》的特色，虽然有时也登了许多乱七八糟的水平线以下的文学作品。咱们《语丝》老伙计们大家都知道，《语丝》初出版时节原来只想印两千份送送人算了，并不想到青年学生们能够赏鉴——专门供给青年学生阅读的周刊杂志，自有那海上霸王商务印书馆去包办。哪知天下事竟有出人意料外者，《语丝》行销一年，居然风行全国，销数之多竟与所谓水平线以上的"大报"相伯仲。近据"北新"老板以及老板奶奶说，上海某处学校学生四十余人，竟每人订《语丝》一份。这也难怪教育家们要慨然了。可惜现在老虎总长已经逃走了，教育家们又不能呈请教育部明令全国青年学生不许阅读《语丝》，或者提出阁议通过，由执政明令禁止《语丝》发刊，所以慨然也是徒然了。然而小僧之见，教育家也自有办法。学校中尽可由教务处布告："凡学生购《语丝》一份者记过一次，或扣学生总平均积分十分；购《语丝》半年或全年者斥退。"这种布告一出，学生们自然不敢再阅《语丝》，诸位教育家的苦心也就达到目的了。

文字误人子弟，的确罪孽很大！活着就是没有报应，死了也难免割指头，下油锅，上尖刀山，实在万分可怕。小僧为了《语丝》，再四思维，寝不安席，食不甘味者数日。觉得教育家取缔自然是"正人心息邪说"的办法，咱们自己也有一种方便，可以略减罪孽。就是此后《语丝》诸位道友撰稿时，如自己以为此稿不适宜青年学生阅读者（如说滑稽话和骂人），应于篇末亲自注明"此文青年学生万勿阅读"字样，以免自误误人子弟，罪孽无穷。

迫切直陈，诸希亮察，并祈火速转告语丝诸位道友，是为至幸。

衣萍合十上

一九二五，十二月 白塔寺边

（附录）

衣萍上人驻锡拉阇庙中，于禅悦之余关心我们这个小周刊，惠赐贝书，指示迷路，展诵之下，和南赞叹。慨自五圣先后示寂，众生无缘领受妙法，钝根增长，虽有甚深微妙义谛，如水投石，如风过耳，莫能信受，正是末世恶缘，虽有弥勒佛也难济度，此大可怜悯也。教育学者皆是外道，自昔五印度即多此辈，执著名数比量，拘守表册符录，不过梵志之末流，未闻解脱之大道，骇笑却走，亦固其所耳。微闻大虫宗师已返初服，树倒猢狲散，灭法之事不复能就，诚如教示，吾道如行云流水，起作自如。云可捕乎？水可斩乎？即或尝试，亦复徒劳。观彼教育家众乃学子大师，尚尔笨如猕猴，徒知在圣堂侧摆钟摆，如彼犹大亚人，何况"青二岁"乎？奚能一闻喝唱便尔悟彻，亦只偶尔随喜，无他影响，杞天之虑，唐丧心意。上人主张随时标示，具见婆心，以愚观之，可不必也。吾睹道友发菩提心，修种种难行苦行，或参油盐之禅，或奉抄胥之役，圣果不远，定慧已得，更复何忧何惧，只须任自在心，行无碍路，便自然姜太公神位在此，诸邪回避，百无禁忌也。质之衣萍上人，不知以为如何？十二月十五日，优婆塞启明拜手，于宫衣库北。

海　上

启明先生：

病中读到先生的信，觉得十分欢喜。

到上海滩上来了三个月了，为了胃的问题，每天跑到寂寞的乡下去教书，站在讲台上去说许多敷衍的话，自己觉得很对不住那些眼瞪瞪地望着我的许多青年。据老于教书的朋友说，教书有很妙的办法，就是拿起一支粉笔，在黑板上横来竖去的画，一点钟便很快的过去了。所以有些老于教书的兼差的朋友，每星期教二三十点钟的课，并不觉得疲倦，脸上大概吃得很胖很胖的。

我是天生的蠢货,"拿粉笔画黑板"的伎俩,也曾试了几次,觉得把背脊朝着学生究竟不很妙,只好仍旧吊起喉咙干叫,哪知道命运不佳,在讲台上叫了不到两个月,便叫得吐血的毛病。贵省的夏丏尊君在他的功课表上题了八字的绝妙对句,叫做:"不如早死,莫作先生。"我在病榻上呻吟的时候,想到夏君的对句真是从艰苦的经验中得来。但是"早死"究竟不是可以强求的事,所以像夏君那样有了胡子的老人还挟着皮包整天地奔走,而我也只好等到吐血停止之后仍旧要到乡下的讲台上去大叫了。

吐血是很可珍贵的病,只有诗人才可以此病自豪的。远西的箕次(Keats)君呕血而死,文学史上传为美谈。但我既不会做诗(听说中国的诗坛已经入了轨了,所以我们这些轨外的人当然更不敢高攀),将来的什么文学史或武学史上当然永远没有名字,鲜红的血岂不是白吐了么?而且吐血的人大概都会喝酒,所谓喝酒若干碗,吐血若干斗之流,远如晋代阮嗣宗,近如当代郁达夫,都是鼎鼎大名,士林共仰的。然而我生来不会喝酒,葡萄酒虽然偶尔也可干杯,贵处的绍兴黄酒便不敢奉陪，何况白干与烧酒之流，真是从来点滴不敢入口的。像我这样既不会做诗又不会喝酒的蠢人，偏偏要吐起血来，真是老天爷没有眼睛，先生，你看，岂不冤哉枉也么？

惠书论"真美善"一段话，鄙意甚为钦佩。但这类杂志在上海滩上很流行，一班无聊小报替它出死力鼓吹不用说了，最近的《文学周刊》上听说也有人在那里恭维，可惜没有看见，不知道恭维了些什么。"病夫老爷究竟是孽海花时代的人物"，即如就最近创作《鲁男子》看来，也还不脱章回小说的习气，《鲁男子》的序幕一篇能干脆删去，岂不爽快得多么？那样罗嗦的空话实在是从《红楼梦》或《水浒传》第一回受来的流毒。又他在"编者的一点小意见"上攻击语体文的欧化，拼命地骂人，要欧化文人"把你的黄皮剥掉变了白，黑发拔去变了黄褐棕，黑眼珠挖去变了蓝，骨架拆去重新装置"，但他自己"暂定我杂志里所含创作或译述文学种类的范围表"，也"大抵依着欧洲文学上逻辑的分类法"，岂不是自己打自己的嘴巴么？病夫君努力译了嚣俄许多戏剧，依我看来，这倒是很有意义的事情。虽然听说北京的诗人此刻正在上海滩上和他的爱人合演《玉堂春》,"国剧运动"也许会复兴吧,但介绍些欧洲剧本进来实在是紧要的事——明知这些剧本暂时不会有人看的。谈到剧本,不由得又想起上海滩上的国产影片,真是中国传统精神的十足代表:《唐明皇游地府》,《济公活佛》,《孙行者大闹天宫》,《狸猫换太子》,报纸上用大字载着这样的广告,看了真叫人叹气。鬼也出完了,怪也出尽了,不长进的头脑变态的中国人,看他们还会想出什么东西来!

《语丝》搬到南方来了,这里的伙计也不多,北京的同人还要多多帮忙才好,我们这个小社,竟开张了三个整年了,虽然中间经过了许多困难:为正人君子所嫉视,为新文豪所看不起,为军阀所摧残,但这一伙水平线下的"学匪"的水平线下的刊物,能延长到这样久,实在也是可喜的事情。林黛玉临死时说:"我的身子是干净的!"《语丝》在北京被禁,在南方又复活了,谁能料到《语丝》将来的寿命能延长到多久呢?但我们在北方没有领过什么人的一千元,在南方也不会受什么政府的津贴一千五百元罢。我们的身子是干净的。"只说自己的话，不用旁人的钱。"这是"语丝社"的真精神——这是我们可以自豪的！

昨夜睡得不好，今天还有点头痛，不多写了。

衣　萍
蒋宋结婚后之一日，病中 一九二七

俄文译本《阿Q正传》自序

我应该感谢柏烈伟(S. A. Polevoy)先生,因了他的翻译,使我的《阿Q正传》以及旁的几篇拙劣的小说,得与遥远的亲爱的俄国读者见面了。在我,这是觉得光荣而且羞惭的。

中国的新文学还只有十几年的历史。这以前,小说和戏剧是不为中国的士君子所重视的。我们现代没有大小说家,以及大诗人,我们的新文学也没有什么伟大的作家,足以侧身于当代世界作家之林,在我们,这是觉得可耻而且悲痛的。然而,我们并不失望。我们的新文学只有很幼稚的历史，而且，我们的创作家也还年轻，我们国内创作小说戏曲诗歌的人们，多数是三十岁左右的，更多数是二十岁左右的青年罢。他们的文学艺术，不过还是学习期罢了。只是浅薄的技巧和幼稚的内容也罢，他们终于创作了。用不同的风格，不同的精神，不同的词句，来自由地、率真地、质朴地抒写他们所看见或想象的人生：个人的或社会的，欢乐的或悲哀的，怨恨的或诅咒的。在这衰老的沙漠似的国度里，他们已经喊出他们的新鲜的呼声了。虽然这呼声是怎样幼稚而且浅薄而且微弱呵，然而他们并不失望。

然而，在这衰老的国度里，又来了一批讨厌的批评家了，他们有的戴着美国哈佛大学的帽子，有的穿着牛津大学的衣服，有的打起日本帝国大学的招牌，他们摆起法官的脸子，装出魔鬼的神气，向这些年轻的、幼稚的、大胆的创作家恶狠狠地说："你们不行！"他们的意思是青年作家都投下他们手上的笔，关起他们张开的口，大家永远沉默了罢。因为在我的国度里，沉默是最高的道德。

然而，铁和血的战争的革命时代终于开始了，在烽火的战场中，在血泊的草地上，在可歌可泣的一切官僚与贫民、老人和少年、资本家和无产者的斗争里，我们的青年的作家有的投了笔而提着枪去了，有的受了伤而仍然回到卧室里，有的把生命沉在泥土中牺牲了，有的正在咆哮着，震怒着，有的坐在租界上高唱种种好听的文学名词旁观。未来的中国文学，将如我们的时代一般，产出怎样可歌可泣的作品，贡献于自己的国内和世界的文坛上呢？那些从美国英国日本回来的批评家，又将怎样去扯住青年们的笔，塞住青年们的口呢？我不能预测，让时间去证明一切罢。我虽然是一个病的青年，然而，我对于未来的中国的新文学是觉得没有失望的理由的。

我的小说为柏烈伟先生所翻译的，是我第一次刊行的拙劣的作品，那时中国的政治正在黑暗的时代，青年们的政治的苦闷无法解决，而本能的性的苦闷又开始占据了热烈的心，因为中国受性的压迫已经几千年了。我的拙作在中国曾受意外的销行，也曾受意外的压迫。翻译成他国文字的价值，我以为是没有的。然而，我们的新文学界受了你们俄国伟大的文学的礼物也太多了：你们的托尔斯泰，朵斯朵也夫斯奇，普斯金，乞呵夫，以及比涅克的翻译的作品，在中国都受了许多读者的欢迎，给了我们许多心灵上的兴奋和感动。我的作品虽然十分拙劣而且浅薄，因了柏烈伟先生的热心的忠实的翻译，就当作一件小孩子般的礼物，献在你们伟大的俄罗斯文学花园中罢。在我，这是觉得很光荣的。

我的自叙传略

前几天,一个德国医生瞪着眼问我:"先生,你今年三十几岁了?"

整月地关在病房里,吐着鲜红的血,头脑昏昏朦朦地,我已经忘了世界,也忘了自己了。但因了那德国医生的疑问,我才云烟般的想起,我是一九零一年冬天生的。

故乡是在安徽省绩溪县的丛山里。我的家是在一座雄壮的高山的底下,晚上可以听见狼叫的。重重叠叠的青山把一个小乡村包围了,并且遮去了早晨和晚上的太阳，使我们的乡村比较旁的地方容易黑暗，而且，那可怕的巍峨高峰简直把青天剪去了一半，有从他处嫁到我们村里的女子，哭着说："呀，这里的青天是怎样的小哪！"

我家祖上是种田的，祖父是个秀才，父亲是个商人，祖母是个农人，家里也种了几亩田，都是祖母一个人经营的。

母亲生我之后两年，又生了一个妹子，贫苦的乡间当然没有什么乳媪或保姆，于是我便跟了祖母，我实在是祖母养大的。

就在那里小天地的乡村里住着，直到八岁，才跟了父亲到百里外的一个小学里去读书，因为父亲在那里开店。十二岁那年父亲开店折了本，而且还负了很多的债，于是我便不能读书了，在自己的店里做了两年小伙计。十四岁进了一个师范学校，因为那个学校不要学费，并且连饭也可以白吃。在校里读了两年书，又被校长开除掉了，理由是"思想太新"。其实什么是新思想，连我自己也不大了然，不过那时我的确有点顽皮，不肯服从教师的命令，譬如教师要学生做古文，我却偏要跟着时髦做白话；教师要学生多读古人的书，而我却偏爱读今人的书而已。

在故乡被学校开除掉是不名誉的事，于是我在家里店里多受了人们的指摘，不能安身。父亲没有法子，从一个农夫的手里借得五十块大洋，在大风大雪的寒天，把我送在南京去，那时我已经十七岁了。

在南京，我得了朋友的帮助，在一个学校里当书记，每天要抄写一万多字的讲义。晚上便请了一个教师补习英文。一年后，我的职业被旁的人挤掉了，无工可做，几乎乞食。后来幸而得了一个同乡的帮助，插进一个中学去读书，次年的夏天便毕了业。

中学校毕业后有什么事可做呢？而我又开始厌恶那思想古旧的沉闷的南京了，穷居在古楼下的小旅馆里，无事可做，便开始做诗，在闷热的夏天，独自关在一间不通空气的小房里，整天哼着诗韵，肚中是常常空着的。但是，世界上的穷人是连做诗的自由也没有的，在上海的一个富朋友，听着我做诗的消息，遥遥地取笑我说："哈哈，我们绩溪要出大诗人了！"于是我连忙把诗神赶走，因为我的肚子太空了，那时我的问题是怎样不至于饿死,什么是大诗人呢?我简直连梦想也不知道。

我于是想到北京去,北京大学那时正为中国新文化的最高的学府,是中国新思想的发源地,那里有我所崇拜的大师。然而怎样去呢?从南京到北京不过一条蜿蜒的铁路,两天的路程罢了。然而我没有车费,便在旅馆中关了几个月。终于得了北京的一个好朋友的帮助,借了我二十块大洋,于是在大风大雪的寒天,火车又把我装在北京去了。

在沙漠的北京城里,北京大学的四层高楼是巍巍地站着,那里,那里是中国文艺复兴的渊源;那里,那里是中国一切新思想的发源地;那里,那里是东西学术的总汇。那时的北京大学真负有伟大的使命和希望哪。然而到了北京之后,我又把进大学的勇气打消了,因为我的唯一的问题还是怎样才可以不至于饿死。我哪里有许多钱去缴大学的学费呢?后来幸而得了一个著名的教授的帮助,做他私人的书记,每千字的价格是二角五分,那教授待我很好,所以在定价之外时常多给我一些钱,于是我能够暂时在北京安身了。工作之余,我便到北京大学去偷听一些关于文学的功课。那时北京大学的四层高楼上偷听功课的朋友也真不少，他们大概都是些穷小子，既无钱缴学费，也无钱买书，肚子是空的，衣服是破的，头发蓬松得像一堆乱草，嘴里常常是 Marx 这样，Kropotkin 那样，Rousseau 的政治学说怎样妙，Byron 的诗怎样雄壮，Freud 的心理分析怎样奇怪，他们借着一些伟大的人物的名字和学说来欺骗自己，逃避现实，忘却眼前的一切痛苦，晚上可以整月的没有钱买油点灯，便早早地躺在床上做一些 Nihilism，Comunism，Anarchism 的梦。

在庄严的北京大学的四层楼上，常常有这些苦朋友的足迹，他们仅选他们所爱听的功课去听，侧身于雪花膏花露水花花绿绿的公子小姐之间，没有人理他们，他们也高傲，藐视一切……

而我，是这样偷听功课的朋友中的一分子。在这样的境遇下，我以自修的能力能用英文看书，接触一些欧洲的零碎的思想和学术。

荷兰的诗人包立尔（Henri Borel）说："北京是在颜色中歌唱的城。"（Peking is a town in color）我在北京看不见什么颜色,听不见什么"歌唱",北京给我们的不过鲁迅先生的诗中所谓"灰土,灰土,灰土"罢了。然而这可爱的沙漠和"灰土"和灵魂全缠着了。这以后,因为生活问题,我也曾一度离开北京,到京汉和津浦两条铁路上去做过一点小事,那不过三四个月的时间罢了,七八年来,我的干燥的生命全在那沙漠的北京城中生长着,这其间,我做过中学的教员,大学的教授(你们俄国的朋友看哪!我也曾做过可笑的大学教授),最后的四年中,我在一个古庙里做一点小事,每天要从早上八时直坐到下午六时。因为白天的时间全贱价地卖掉了,于是一到了晚上,便躲在自己的小房里,看点自己喜欢看的书,写点自己喜欢写的文章。古庙的四周全是红墙,晚上映着灯光,好像泥土里凝结着的红血,院前的百年前的古槐树上,时时送来断续的萧萧的叹息的风声,我觉得有点寂寞而且悲哀了,闭起眼来躺在床上,梦见自己到了"日出之国,花之国"的日本,或是在冰天雪地的悲壮而勇敢的俄罗斯大地上奔跑,梦见衰老而腐败的故国,从自己和朋友的手里造成幸福而平等的乐园。然而我的梦终于醒了,便是我自己知道自己的无力和空虚，而这无力的空虚的自己，又终于还像干枯的仙人掌地活在人间，没有饿死。

一九二三年，我爱了北京大学一个女学生，但是后来那个可爱的女郎终于爱了旁的有钱的朋友去了，我于是十分悲哀，做了很多的情诗，在北京的报纸上发表。后来把这诗搜集起来，刊行一本诗集，叫做《深誓》。

一九二四年十一月，鲁迅周作人以及旁的几个朋友和我，发起办了一个周刊，叫做《语丝》，我便在《语丝》上陆续发表我的不好的创作小说和旁的文字，直到现在。一九二五年把我的创作小说收集起来，刊行了一本《情书一束》。现在还有一册短篇小说集《友情》，和一本长篇小说《烦恼的春天》，我希望这两册小说今年能够出版！

一九二七年夏间，我和吴曙天女士结了婚，便到了南方来了，现在上海附近的一个乡下教书。

（附记）

做自传是真无聊的事，只有那些希望"不朽"的傻子才肯干这些事情。但是这回 Polevoy 先生来信说："在俄国替我接洽印刷的我的妹妹，希望你能够写篇自传寄来，就是短的也好。你的小说《阿莲》（*A-Lien*）三月底可以出版。"我真怕写什么自传，因为我的确有点害羞，虽然也可借生病来推脱。Polevoy 先生究竟比我聪明，他用《阿莲》这一篇来做书名。也许他知道在中国，正因为我这本小书的名字取得不好，弄得自南至北都受了许多麻烦。然而自传终于传成了，就此老实发表出来也罢。

一九二八，四，七

跋

避人养病,匿居乡间,忽历两月。每晨起,挟旧书一卷,到附近日本人园中草地上一坐,看四周的樱花灿烂地开着。病中生活,真所谓"闲暇,闲暇,第三个闲暇"呵。守园的日本下女,不久也就相熟了,每出小洋二枚,泡得一壶清茶,有时还加上几片豆做的日本点心,就草地躺着细嚼。温热的阳光在上面晒着,茶饱耳热之余,倦起凭栏,听白鹤昂颈长鸣,或信步小猴之居,看猴儿攀铁架而上下乱舞。贱恙虽然还没有痊愈,然而十年以来,怨尤愤懑之气,到此已悠然尽消。回忆古庙红墙，穷乡托钵，僧徒道友，踪迹久疏。所幸荆妻无恙，归来无枵腹之忧，小僧如今，亦只能看花养病，任他白云苍狗，世变若何。

然而春风乱吹，樱花渐落。"远望落花如雪飞，浑忘身坐春风中。"此小僧坐小园看落英之句也。我爱樱花，因为它不及桃花之艳，而有桃花之丽；没有梅花之香，而有梅花之清。久闻三岛士女，爱樱成狂。小僧经钵飘零，思远游而怀樱有梦，支离病骨，涉名邦而看樱无从。斗亩小园，樱花落尽，清茶不暖，点心无甜。归来静卧小床，春雨连绵，春云暗淡，呼妻共话，聊遣春愁而已。

嗟嗟，时事方艰，脱袈裟而穿军装不可；文坛日下，挂招牌而革命无能。偶集旧日之文，就成《樱花》之集。淑女君子，仁人志士，惠临共鉴，无任欢迎。

　　　　　　　　　　　　劳动节前一日

黄仲则评传

黄仲则评传

上 篇

诗人的一生,其实只是一首诗;悲剧的诗人,他的一生只是一首悲剧的诗。假如你是一个真正的诗人,那么,你的生命,就是诗的生命;你的血,就是诗的血;你的泪,就是诗的泪;你的呻吟叹息,就是诗的呻吟叹息。你是诗的象征,诗是你的表现。你和诗,诗和你,原来都只是一体。你悲哀的时候决不能作快乐的诗,你快乐的时候也决做不出悲哀的诗。那些强颜欢笑的,无病呻吟的，都是假诗人，都是笨诗人，都是一钱不值的胡说诗人！

说到诗人，真正的悲剧诗人，我们知道英国有个开茨（John Keats），这位千古同惜的薄命诗人，他只有二十六岁便短命死了！他的死，有人说是做诗用功过度，呕血死的。他虽死，但他的缠绵悱恻的《夜莺歌》（*Ode to a Nightingale*）却永远不死。《夜莺歌》中的夜莺便是开茨的化身。讲到我们中国的薄命诗人，我们便想到清代的饥寒交迫、客死他乡的黄仲则。他，有人说是"乾隆六十年间论诗者称第一"。其实，据我看来，非但乾隆六十年间称第一，像他那样性格孤傲，天才绝顶，多艺多情，在有清二百余年间，论诗，论人品，未尝不可以称"第一"。清代替黄仲则作传的人很多，但作得最恳切而动人的还是洪亮吉。亮吉，清代第一骈文大家，而且是黄仲则生前一个几十年的好朋友！仲则客死解州，又难得亮吉远道奔走，把他的灵柩接回来。仲则死后，洪亮吉对于仲则的家庭，"老母弱子，时存恤之"（见吴兰修撰《黄仲则小传》）。我们在没有知道黄仲则一生薄命历史之先，且看洪亮吉先生笔下描写的黄仲则是一个什么样子：

"仲则美风仪，立侪人中，望之若鹤，慕交者争趋就君，君或上视不顾，于是见者以为伟器，或以为狂生，弗测也。"

寥寥数语，使我们想见一个美丽、孤傲、聪明的黄仲则。诗人没有一个不是天才的。没有天才的人可以做官，可以做生意，可以发财，可以带兵，可以做督军，做省长，做总统，但是千万千万不要做诗，因为诗是天才的出产品。西洋的心理学家说："天才是疯狂的。"我们的薄命诗人黄仲则生前也是"或以为狂生"。世界上的人可以分为两种：一种是狂人，一种是庸人。与其做庸人，不如做狂人。"狂人"，"狂人"，天下古今的文明全是你们创造出来的！卢梭（Rousseau）尼采（Nietzche）易卜生（Ibsen）托尔斯泰（Tolstoy）一班人，在当时又何尝不为本国的人称为"狂人"，世界上没有这些人，便永远没有进化，没有艺术，那样的世界，是黑暗和沙漠的世界。我们不要那样无聊而干枯的世界！

说到黄仲则，他是个狂人，是个诗人，是个美和爱的创造者。他的性格也是偏的，病的，变态的，照我们从他《两当轩诗集》上看来。意大利的心理学家弗洛特（Frued）用心理分析（Psychoanalysis）来解剖古代天才的艺术作品，他曾将莱阿那托文西（Leonardo Vinci）莎士比亚（Shakspeare）瓦格纳（Wagner）及托尔斯泰（Tolstoy）的作品全加以心理解剖，发现不少著者人格变态的方面。我想，假如我用心理分析（Psychoanalysis）来研究黄仲则的诗词，一定可以得许多意外的收获，只可惜我的心理分析也不过刚入门，并没有"登堂入室"，所以不敢造次，怕对不住我们的薄命诗人。

野马跑得太远了，让我收回来，且谈我们的薄命诗人的一生历史。

黄仲则，名景仁，一字汉镛。他于乾隆十四年（一七四九）生于高淳，他本是常州武进县人。我们的诗人的生命简直是忧愁之网织成的，他四岁的时候父亲便死了。他七岁的时候跟了他的祖父从高淳回到常州，居白云溪上。我们的诗人从小便非常聪明，八九岁的时候，家里教他做八股文，但他"心块然不知所好"（见《自叙》）。我们且看他自己说他做诗的起点：

"先是应试无韵语，老生宿儒鲜谈及五字学者。旧藏一二古今诗集，束置高阁，尘寸许积。窃取审视，不甚解。偶以为可解，则诩诩自得曰：'可好者在是矣'。间一为之，人且笑姗，且以其好作幽苦语，益唾弃之，而好益甚也。"

"好作幽苦语"五个大字是我们诗人作诗的绝好评语！他九岁的时候已经是一个"诗迷"了，我们且看他诗迷的怪样子："九岁应学使试，寓江阴小楼，临期犹蒙被窝。同试者趣之起，曰：顷得'江头一夜雨，楼上五更寒'句，欲足成之，毋相扰也。"（见《印人传》）

我们看他九岁时能做出"江头一夜雨，楼上五更寒"的奇句，哪得不是绝顶聪明的奇才！

命运对于仲则，简直是冷酷无情似的。他十二岁的时候，祖父死了，十三岁的时候，祖母又死了，十六岁的时候，哥哥又死了，可怜我们这位孤苦伶仃的薄命诗人，"好作幽苦语"了！

十六岁他应童子试，考得第一，十七岁补博士弟子员。十八岁与洪亮吉做朋友，这是他一生生死患难的第一个好朋友！我们且看洪亮吉笔下的仲则学诗的样子：

"岁丙戌，亮吉就童子试，至江阴，遇于逆旅中。

亮吉携母孺人所授《汉魏乐府》镌本，暇辄朱墨其上。间有拟作，君见而嗜之。约共效其体，日数篇。逾月君所诣出亮吉上，遂订交焉。"

洪亮吉是清代第一个骈文大家。清初骈文家，虽群推毛西河、陈其年，及至乾隆时代，骈文家如胡天游汪容甫已足雄视毛陈，而汪容甫与洪亮吉又被群推为骈文大家。谢无量谓"综清代骈文体，无出汪洪之右者也。"（见《中国大文学史》）实为精至之论，然容甫之诗或过亮吉，而亮吉之骈实高于容甫。至于仲则之诗，又当然是"所诣出于亮上"了。

仲则第一年得着洪亮吉为友，第二年又得着邵齐焘为师，这两个人于他一生有很大的影响。那时邵齐焘主讲常州龙城书院，仲则与亮吉都从他讲学。这位老先生很爱仲则与亮吉，至称为"二俊"。但那时仲则的身体已经不很健康，而且诗词里已常露哀音了。我们且看邵先生形容他的状况：

> 黄生汉镛，行年十九。籍甚黉宫，顾步轩昂，资神秀迥。实廊庙之瑚琏，庭阶之芝兰者焉。家贫孤露，时复抱病。性本高迈，自伤卑贱，所作诗

词,悲感凄怨。　　　　　(见邵作《劝学诗序》)

我们在上面寥寥数语里,可以看出邵先生对于仲则的无限爱意,无限同情!但可惜这样一位爱仲则的人,到了仲则二十岁的时候便远离人间了!《两当轩集》中有好几首哭邵先生的诗,我们现在且引出一首来:

> 三年谁与共心丧,旧物摩挲泪几行?夜冷有风开绛帐,水深无梦到尘梁。残煤半落加餐字,细楷曾传养病方。料得夜台闻太息,此时忆我定彷徨。
>
> (《两当轩集》卷三)

自从邵先生死后,仲则自伤孤零,寥落不堪,我们且看他在《自叙》上说的苦样子:

> 三年公卒,益无有知之者。乃为浪游,由武林而四明观海,朔钱塘,登黄山,复经豫章,泛湘水,登衡岳,观日出,浮洞庭,由大江以归,是游凡三年,积诗若干首。

前人谓太史公历览天下名山大川,所以为文有奇气,漫游之有助于文思是无可疑的。仲则因邵先生之死而漫游四方,"得诗若干首"。我们看见《两当轩集》中很多好诗,多是从漫游得来的。所以邵先生之死,在仲则固可悲,但于仲则的诗,也不为无益。

我们都知道仲则十九岁的时候便结婚了,但在《两当轩集》中却有许多缠绵悱恻的情诗情词。我们总疑心孤傲多情的仲则一定有许多艳史。

> 绣罢频呵拈线手,昨夜交完九。问春何处最多些?只在浅酌低唱那人家。　半只嫩柳当窗放,偷得新眉样。晚霞一抹影池塘,哪有这般颜色作衣裳?　(《虞美人·闺中初春》《两当轩》卷十七)

"晚霞一抹影池塘,哪有这般颜色作衣裳?"这样好句,却从"浅酌低唱那人家"得来!

还有最浓艳的,如:

> 连日爱新凉,更短更长。昨宵沈醉甚心肠?百样温柔呼不起,袅尽炉香。　今夜醉柔乡,且费商量。和衣霍地倒银床。不合郎来偷一觑,漏了春光!　(《浪淘沙·幽会》《两当轩》卷十七)

还有描写他和伊的情景的:

> 细雪乍晴时候,细水曲池冰皱。忽地笑相逢,折得玉梅盈手。肯否?肯否?赠与一枝消酒?

> 闻说玉郎消瘦,底事清晨独走?报道未曾眠,

独立闲阶等久。寒否？寒否？刚是昨宵三九。

一阵雀声噪过,满园沈沈人卧。此去是书斋,只在春波楼左。且坐,且坐,我共卿卿两个。

一抹蓬松香鬓,绣带绾春深浅,忽地转星眸,因为红潮晕脸。不见,不见,日上珠帘一线。

(《如梦令·晓过》《两当轩》卷十七)

情人的相聚是快乐的,情人的分别是苦的,你看他:

子规窗外一声声,把醉也醒醒,梦也醒醒。细忆别时,情状忒分明,盈盈！　夜长孤馆更清清,把钟也听听,漏也听听。直到五更,斜月落疏棂,冥冥！　(《风马儿·幽忆》《两当轩》卷十七)

但是仲则的恋爱似乎没有成功,那个女子后来终于嫁了旁人了,我们且读下面的一首残缺不完的词:

真耶其梦也？移舟语,凄恻不堪听！道那时一见,瘦郎年少；此间重遇,长史飘零。我未成名,卿今已嫁,卿须怜我,我更怜卿！　浔阳江头住,把去来帆,看极浦无情。憔悴感君一顾,百劫心铭。问此时意致,秋山浅黛,再来踪迹,大海浮萍,语罢扬帆去也,似醉初醒！

(《风流子·江上遇旧》《两当轩》卷十八)

仲则的恋爱失败了,但他对于自己的"内子"感情却也不坏,我们且看下面的词:

> 珠斗斜擎,云罗浅熨,蟾盘偷减分之一。重逢又是一年看,明年看否谁人必? 今夜兰闺,痴儿娇女,哪知阿母销魂极?拟将归棹趁秋江,秋江又近潮生日。

(《踏莎行·十六夜忆内》《两当轩》卷十八)

我现在做这篇小文评论仲则,我是徽州人,仲则却也到过徽州的。乾隆三十三年那一年,王大令祖肃任徽州府同知,先生于那年夏天去访他。乾隆三十四年他再到徽州,做有《新安杂感诗》。我们知道仲则虽然貌美如女子,但是"长身伉俍,读书击剑,有古侠风。性好游,束装不出一年,而吴越名山历其半。"(见洪亮吉《玉尘叶》)

同年,他在杭州会见郑虎文先生,郑先生很爱他,他在那里住了一个多月,因为家里的老母要靠他谋生,不得不离开郑先生他去。那时郑先生的同年友王大岳在湖南做按察使,仲则遂跑到他那里去找事。湘江为古代诗人屈原贾谊故游之地,我们且读仲则《湘江夜泊》的词:

倩谁为问潇湘水,缘何一碧能尔?自从葬了屈灵均,只想成烟矣!不信道骚魂未死,月明凄苦犹如此!算地老天荒,那一角苍梧野外,多少山鬼?我欲寸磔蛟龙,将君遗骨,捧出万丈潭底。请看往日细腰宫,是一堆荆杞!又恐惹重冠发指,问天呵壁,从头起!还伴他□□□,雾鬟烟鬓,一双帝子。(《霜叶风》《两当轩》卷十七)

仲则的诗词在湖南受山水的陶冶,得了不少的进步,我们且看洪亮吉形容他自湖南归后的话:

君揽九华,陟匡庐,泛彭越,历洞庭,每独游名山,经日不出。值大风雨,或暝坐崖树下,牧竖见者以为异人。自湖南归,诗益见肆,见者以为谪仙人复出也。

我们研究黄仲则的人,当知道仲则在古代诗人中,最崇拜的是李太白。李太白,他真是一个天才,鬼才,仙人,狂人,疯人;他一生只爱饮酒与赋诗。仲则对于太白是景仰已久了。可巧他在湖南住了不到一年,又跑到安徽来了。乾隆三十六年那一年,朱筠督学安庆,招仲则入幕。安庆①的采石矶边相传是李太白落水而死的地方，那里的谢公山相传还有李太白的坟墓。这件事的事实真假在考据家看来虽然是渺茫虚无，然而我们的薄命诗人黄仲则则信以为真了，我们且读仲则的《太白墓》的诗：

> 束发读君诗，今来展君墓。清风江上洒然来，我欲因之寄微慕。呜呼，有才如君不免死，我固知君死非死！长星落地三千年，此是昆明劫灰耳。高冠岌岌佩陆离，纵横击剑胸中奇。陶镕屈宋人大雅，挥泪日月成瑰词。当时有君无住处，即今遗躅犹相思。醒时兀兀醉千首，应是鸿蒙借君手。乾坤无事入怀抱，只有求仙与饮酒。一生低首惟宣城，墓门正对青山青。风流辉映今犹昔，更有灞桥驴背客。此间地下真可亲，怪底江山总生色。江山终古月明里，醉魄沉沉呼不起。锦袍画舫寂无人，隐隐歌声绕江水。残膏剩粉洒六合，犹作人间万余子。与君同时杜拾遗，砭石却在潇湘湄。我昔南行曾访之，衡云惨惨通九疑。即论身后归骨地，俨与诗境同分驰。终嫌此老太愤激，我所师者非公谁？人生

---

① 疑作"安徽"。采石矶在今安徽马鞍山。

百年要行乐,一日千杯苦不足!笑看樵牧语斜阳,死当埋我斯山麓。　　　　　　　　（《两当轩》卷三）

仲则嫌杜老太"愤激"了,"我所师者非公谁",可见其景仰太白,简直以之为师。他不但生前以之为师,而且还愿意"死当葬我斯山麓"!

还有一首《太白墓和稚存韵》的词,也是写他景仰太白的,仲尼梦周公,仲则却梦太白。我们且看他的梦是什么样子:

何事催人老?是几处残山胜水,闲凭闲吊。此是青莲埋骨地,宅近谢家之眺。总一样文人宿草。只为先生名在上,问青天有句何为好。打一幅,思君稿。　梦中昨夜逢君,笑把千年蓬莱清浅,旧游相告。更问:"后来谁似我"?我道:"才如君少。"有亦是寒郊瘦岛。语罢看君长揖去,顿身轻一叶如飞鸟。残梦醒,鸡鸣了。　　（《两当轩》卷十八）

乾隆三十七年那一年,仲则刚刚二十四岁。那一年三月上巳,朱筠在采石矶的太白楼请客,到会者多是一时名士。那时有一段文学史上的千古佳话,我现在且引洪亮吉的话来替我说明:

> 三月上巳,为会于采石矶之太白楼,赋诗者十数人。君年最少,著白袷立日影中,顷刻数百言,偏视座客,座客咸辍笔。时八府士子,以辞赋就试当涂,闻学使高会,毕集楼下。至是咸从奚童乞白袷少年诗,竞写一日纸贵焉。

你们要看"著白袷立日影中"的诗人吗?让我抄在下面请诸位看:

> 红霞一片海上来,照我楼上华筵开。倾觞绿酒忽复尽,楼中谪仙安在哉?谪仙之楼楼百尺,笴河夫子文章伯。风流仿佛楼中人,千一百年来此客。是日江上同云开,天门淡扫双蛾眉。江从慈母矶边转,潮到然犀亭下回。青山对面客起舞,彼此青莲一抔土!若论七尺归蓬蒿,此楼作客山是主。若论醉月来江滨,此楼作主山作宾。长星动摇若无色,未必常作人间魂。身后苍凉尽如此,俯仰悲歌亦徒而!杯底空余今古愁,眼前无尽东南美。高会题诗最上头,姓名未死重山邱!请将诗卷掷江水,定不与江东向流。
> （《两当轩》卷四）

我们都知道英国诗人拜伦(Byron)一夜醒来,诗名远播,文学史上传为美谈。我们的"白袷少年"的诗,"竞写一日纸贵",还不是文学史上的美谈吗?这种美谈是不容易找的，在文学史上一千年也不过遇着一两次！

我们都说仲则是天才。天才，天才是什么东西？爱狄生（Edison）说得好："所谓天才者，百分之一得诸神来，百分之九十九得诸汗下。"仲则的诗有那么样的成就，一方面自然是靠着神来，但他方面的刻苦用功也是出乎常人意料之外的。我们且看洪亮吉说仲则怎样刻苦攻诗的故事：

> 君日中阅试卷，夜为诗至漏尽不止。每得一篇，辄呼亮吉夸视之。以是亮吉亦一夕数起，或达晓不寐，而君不倦。

诗人多半是夜猫，一晚下来便想睡觉的人，一上床便呼呼的打起鼾声的人，一辈子也做不成诗人！仲则的诗所以能工，也许就在他"夜为诗至漏尽不止"，"达晓不寐"而"不倦"！仲则是个多愁多病的人，我们看他《壬辰生日自寿年二十四》的词可以知道了：

> 苍苍者天，生余何为？令人慷慨！叹其年难及，丁时已过一寒至此，辛味都尝。似水才名，如烟好梦，断尽烟蘦苦笋肠。临风叹，只六旬老母，

苦节宜偿。男儿坠地堪伤！怪二十何来镜里霜？况笑人寂寂，邓曾拜衮，所居赫赫，周已称郎。寿启人争，才非尔福，天意兼之忌酒狂。当怀想，想五湖三亩，是我行藏。（《沁园春》《两当轩》卷十八）

到了他二十六岁的时候，他的身体更不好了，我们且看他的《自叙》：

> 朱先生督学安庆，从游三年。尽观江上诸山水，得诗若干首。体羸疲役，年甫二十六耳，气喘喘若不能举其躯者。

可怜这样一个怯弱的诗人，二十六岁正是所谓年富力强的时候，已经是"气喘喘若不能举其躯"了，但是仲则终于是一个狂放不羁的人，他并不因为体弱而阻止他的浪游，二十七岁那一年的冬天，他竟居然北上到京师来了。他为什么要北上呢？理由很奇怪，我们看：

> 翩与归鸿共北征，登山临水黯愁生。江南草长莺飞日，游子离邦去里情。五夜壮心悲伏枥，百年左计负躬耕。自嫌诗少幽燕气，故作冰天跃马行。
>
> （《将之京师离别》《两当轩》卷十）

他的所以"北上"原来是为了他的诗，因为"自嫌诗少幽燕气，故作冰天跃马行"。他在京师住了两年，我们的诗人对于这样黄沙扑面，一望荒凉的北方，居然有久居之意。所以二十九岁那一年，他便把母亲、妻子也迎至京师。可怜他家中连北上盘费也没有，只好把"田半顷，屋三椽"一并当了，"得金三镒"，才千辛万苦的行至京师。然而仲则在京师又哪里有什么钱呢？我们读他的《移家来京师》的几首诗，可见苦况的一斑：

岂是逢时料，偏从陆海居。田园更主后，儿女累人初。四海谋生拙，千秋作计疏。暂时联骨肉，邸舍结亲庐。全家如一叶，飘坠朔风前。事竟同孤注，心还恋旧氊。妻孥赁春庑，鸡犬运租船。差喜征帆好，相逢泽潞边。长安居不易，莫遣北堂知。亲讶头成雪，儿惊颔有髭。乌金愁晚爨，白粲因朝糜。莫恼啼鸦切，怜伊反哺时。江乡愁米贵，何必异长安！排遣中年易，支持八口难。毋须怨漂泊，且复话团圆。欲恐衣裘薄，难胜蓟北寒。当代朱公叔，怜才第一人。传经分讲席，傍舍结比邻。桂玉资浮产，盘餐捐俸缗。移家如可绘，差免作流民。贫是吾家物，其如客里何！单门余我在，万事让人多。心迹嗟霜梗，生涯办雨蓑。五湖三亩志，经得几蹉跎！

仲则一生，只为两字所累！两个什么字呢？一个是"贫"，一个是"病"。贫病交迫，所以一个二十几岁青年，竟然憔悴得"头成雪"了！但是那群相赞美的"都门秋思"中的名句，都在这样贫病里迫出来的：

> 五剧车声隐若雷，北邙惟见冢千堆。夕阳劝客登楼去，山色将秋绕郭来。寒甚更无修竹倚，愁多思买白杨栽。全家都在风声里，九月衣裳未剪裁！
>
> （《两当轩》卷十三）

北京的九月已经是寒凉得要穿棉衣了，然而仲则家里的"衣裳"却"未剪裁"，其为贫苦，可想而知。但那时仲则在京，却也不寂寞。"都中士大夫，如翁学士方纲，纪学士昀，温舍人汝适，潘舍人有为，李主事威，冯庶常敏昌，皆奇仲则，仲则亦愿定交。"然而仲则为什么穷呢？"比贵人招之，拒不往也！"（见王述庵撰墓志铭）我们敬爱的仲则，他真是一身傲骨，虽与名人往还，终不受"贵人"之招，他的穷自然是应该的了！王述庵侍郎终算是京师中最爱仲则而最能懂得仲则的，所以仲则三十岁的时候，还受业王先生门下。那时侍郎正"自金川奏凯来京"，"寓烂面胡同"，仲则时常到他家里去"执经谈艺"。那时常到侍郎宅中的名流，有"陆健男学士锡熊，金辅之殿撰榜，周书昌编修永年，戴东原庶常震，任幼植吏部大椿，洪素人刑部楪，其弟舍人榜，张商言舍人埙，吴泉之助教省兰，吴竹桥上舍蔚光，吴胥石孝廉兰庭"一般人，所以侍郎家里的"文酒"，确是极一时之盛！

次年，仲则的好友亮吉也应试到京都来了。那时的"都门诗社"，是翁方纲、蒋士铨、程晋芳、周厚辕、吴锡麟、张顷一般名士组织的，他们邀请仲则及亮吉都入社。他们都是负一时重望的诗人，所以"每一篇出，人争传之"。

但是仲则的诗名虽一天天的大起来，他的穷困也一天天的厉害起来了。他在京师的家计竟不能维持下去，自己弄到一身是病，后来难得亮吉帮助他，"为营归资"，他的母亲、妻子仍旧回到南方去了。次年秋，他到西安去访陕西巡抚毕沅，毕沅是当时有名的"学者"官僚，很看得起仲则，送了他许多钱。冬天，仍旧回到京师，仍旧病困不堪，据武大令亿吊仲则文所说："辛丑复遇仲则寓京师，病寝一木榻，出新著诗两卷，皆其游太原秦中所寄兴者，持示余。"可见那时仲则已经病得厉害了。他在京师又住了一年，贫困之余，还想谋得一官。但是后来的官并未谋得，而"为债家所迫"，所以乾隆四十八年那一年，又不得不"力疾出都"。本来想"逾太行，出雁门，将复游陕"，他本来想再去找爱重他的巡抚毕沅。可是他到了解州，便不幸死了，可怜他那时候只有三十五岁，比英国的薄命诗人开茨多九岁。但是仲则死的时候，似乎是寥落客乡，一个朋友也没有。后来他的好朋友亮吉远道赶去，替他办理身后一切。我们读亮吉与毕侍郎笺，可见凄凉之一斑：

……日在西隅，始展仲则殡于运城西寺。见其遗棺七尺，枕书满箧。抚其阴案，则阿奶之遗笺尚存；披其穗帷，则城东之小吏既去。盖相如病肺，经月而难痊；昌吉呕心，临终而始悔者也。犹复丹青狼藉，几案纷披，手不能书，画之以指。此则杜鹃欲化，犹振哀音；鸷鸟将亡，冀留劲羽。遗弃一世之务，留连身后之名者焉……

我们知道仲则是穷困的，也许是"病肺"死的，其实是苦吟而死的。仲则死了，他的年纪不过匆匆的三十五岁，他丢下的老母、妻子，身后凄凉，真是令人酸鼻。但是仲则虽死,仲则的诗却永远不死;仲则的年纪只有三十五岁,他的诗的年龄一定有百岁,千岁,万岁,万万岁!我在上篇大略介绍过仲则一生的小史,下篇且谈仲则的诗在中国文学史的价值与位置。

下 篇

我们现在要讨论仲则的诗的价值,及其在中国文学史上的位置,不可不知道仲则的好朋友洪稚存对于仲则的诗的评论:

> 黄二尹诗如咽露秋虫,舞风病鹤。(洪稚存《北江诗话》)

这"咽露秋虫,舞风病鹤"八个字的妙评,除却洪稚存,实在没有第二个人可以说出来!世界上最动人的文艺大都是悲哀的。能令人发笑的文艺,实在不如令人流泪的文艺。世界原是一曲大悲剧!所谓活着的人们,除却多数醉生梦死、昏天暗地、蠢如木豕的糊涂虫外,少数的食了智果的人们,受了生活的压迫,环境的痛苦,感觉人生梦想的渺茫,真如歌德的诗所说:"谁不会含着悲哀吞他的饭?"伟大的文学家几乎没有一个不是在苦恼中度一生的。歌德说的好：

> 世人说我是在幸福的人间，其实我是度着一生的苦恼。

其实哪一个伟大文学家不是"度着一生的苦恼"？歌德因为度着一生的苦恼，所以他的大作《浮士德》(*Faust*),《少年维特之烦恼》(*Leiden des jungon werthers*)都从他的烦恼里涌现出来，成为世界永久不朽的名著。数到中国，我们千古词圣的李后主，他亡国后做的一些伤心的词，真是千古至今，无人能及！但我们应该知道李后主亡国以后的生活，简直是"以泪洗面"。"以泪洗面"的生活是可惨的，然而没有那样悲惨的生活，我们也许永久读不着李后主那样悲哀动人的好词！文学家真是可怜虫，他不可怜，便没有文学。

我在本文的上篇曾说起仲则的小史，他的一生，我们以为只为两个字所累，一个是"贫"一个是"病"。贫病交迫结束了仲则的一生！仲则真是可怜虫！所以他的一部诗集中大部分是悲哀、迫切的动人名句。他自己也说他的诗"好作幽苦语"。但是张子树说得好：

> 黄生抑塞多苦语，要是饥凤非寒虫。

"饥凤非寒虫"五字确是的评。洪稚存也说：

> 黄二尹久客都中，寥落不偶。时见之于诗，如所云："千金无马骨，十丈有车尘。"又云："名心淡似幽并日，骨相寒经易水风。"可以感其高才不遇，孤客辛酸之况矣。　　（《北江诗话》）

"饥凤"是天才的象征，仲则是一个饱经忧患的天才。我们且看张子树对于天才的解释：

> 古今诗人，有为大造清淑灵秀之气所特钟，而不可学而至者，其天才乎！飘飘乎其思也，浩浩乎其气也，落落乎其襟期也。不必求奇而自奇，故非牛鬼蛇神之奇；未常立异而自异，故非佶屈聱牙之异。众人共有之意，入之此手而独超；众人同有之情，出之此手而独隽。亦用书卷，而不欲炫博贪多，如贾人之陈货物；亦学古人，而不欲句摹字拟，如婴儿之学语言。时而金钟大镛，时而哀丝豪竹，时而龙吟虎啸，时而雁咽猿啼。有味外之味，故咀之而不厌也；有音外之音，故聆之而欲长也。如芳兰独秀于湘水之上，如飞仙独立于闻风之巅。夫是之谓天才，夫是之谓仙才。自古一代无几人。近求之百年来，其惟黄仲则乎。　　（《诗人征略》）

这不能算是恭维的话，这实在可算是对仲则天才的绝妙解释！我们且先讨论仲则的抒情诗：

  风亭月榭记绸缪，
  梦里听歌醉里愁。
  牵袂几曾终絮语，
  掩关从此入离忧。
  明灯锦帏姗姗骨，
  细马春山剪剪眸。
  最忆濒行尚回首，
  此心如水只东流。

  而今潘鬓渐成丝，
  记否羊车并载时？
  挟弹何心惊共命，
  抚孤底苦破交枝？
  如馨风柳伤思曼，
  别样烟花恼牧之。
  莫把鹍弦弹昔昔，
  经求憔悴为相思。

  拓舞平康旧擅名，
  独将青眼到书生。
  轻移锦被添晨卧，

细酌金罍遣旅情。
此日双鱼寄公子,
当时一曲怨东平。
越王祠外花初放,
更向何人缓缓行?

非关惜别为怜才,
几度红笺手自裁。
湖海有心随颖士,
风情近日逼方回。
多时掩幔留香住,
依旧窥人有燕来。
自古同心终不解,
罗浮冢树至今哀。

(《旧感离诗》《两当轩》卷二)

抒情诗做得好应该是"乐而不淫,哀而不伤"。仲则这几首诗自然是咏他的恋人,一段悲哀的情史。我们要懂得他的悲哀的情史,应该再比较起来读下面几首诗:

大道青楼望不遮,
年时系马醉流霞。

风前带是同心结,
杯底人如解语花。
下杜城边南北路,
上兰门外去来车。
匆匆觉得扬州梦,
榆点闲愁在鬓华。

唤起南窗尚宿酲,
啼鹃催去又声声。
丹青旧誓相如札,
禅榻经时杜牧情。
别后相思空一水,
重来回首已三生。
云阶月地仍然在,
细逐空香百遍行。

遮莫临行念我频,
竹枝留浣泪痕新。
多缘刺史无间约,
岂视萧郎作路人。
望里彩云疑冉冉,
愁边春水故粼粼。

珊瑚百尺珠千斛，
难换罗敷未嫁身。

从此音尘各悄然，
春山如黛草如烟。
泪添吴苑三更雨，
恨惹邮亭一夜眠。
讵有青鸟缄别句，
聊将锦瑟记流年。
他时脱便微之过，
百转千回祇自怜。

（《感旧》《两当轩》卷一）

有人说上面的诗是咏仲则在宜兴氿里读书时的故事。我们可以想见仲则与一个"罗敷未嫁身"的少女，相爱相恋的缠绵情形。《感旧》是别后重来的悲哀回忆。但是那个少女后来竟嫁给旁人了，我们读《感旧杂诗》可以看出。可怜我们的薄命诗人的一生情史！

我们要选出仲则抒情诗的代表杰作，不可不读他的《绮怀》诗。原诗共有十六首，我们现在且引出几首。

楚楚腰肢掌上轻，

得人怜处最分明。
千围步幛难藏艳,
百合葳蕤不锁情。
朱鸟窗前眉欲语,
紫姑乩畔目将成。
玉钩初放钗初坠,
第一销魂是此声。

妙谙谐谑擅心灵,
不用千呼出画屏。
敛袖挡成弦杂拉,
隔窗掺碎鼓丁宁。
湔群斗草春多事,
六博弹棋夜未停。
记得夜阑人散后,
共搴珠箔数春星。

中表檀奴识面初,
第三桥畔记新居。
流黄看织回肠锦,
飞白教临弱腕书。
漫托私心缄豆蔻,

贯传隐语笑芙渠。
锦江直在青天上,
盼断流头尺鲤鱼。

中人兰气似微醺,
芗泽还疑枕上闻。
唾点著衣刚半指,
齿痕切颈定三分。
辛勤青鸟空传语,
佻巧鸣鸠浪策勋。
为问旧时裙钗上,
鸳鸯应是未离群。

容易生儿似阿侯,
莫愁真个不知愁!
夤缘汤饼筵前见,
仿佛龙华会里游。
解意尚呈银约指,
含羞频整玉搔头。
何曾十载湖州别,
绿叶成荫万事休。

几回花下坐吹箫,
银汉红墙入望遥。
似此星辰非昨夜,
为谁风露立中宵?
缠绵思尽抽蚕茧,
宛转心伤剥后蕉,
三五年时三五月,
可怜杯酒不曾消!

露槛星房各悄然,
江湖秋枕当游仙。
有情皓月怜孤影,
无赖闲花照独眠。
结束铅华归少作,
屏除丝竹入中年。
茫茫来日愁如海,
寄语羲和快著鞭。

(《两当轩》卷十一)

这几首抒情诗真是又宛转又细腻,又悱切动人!我们且不管《绮怀》中所恋是什么女子,当然又是《感旧》里的旧相思。(也许不是!)但就诗论诗,这几首诗中竟有不少千古不灭的名句!记得胡适之先生曾说过:

"抒情诗最易流入轻薄,抒情诗而带着几分悲哀,诗之品格便提高了。"仲则的抒情之所以这样动人,就因为他的情史受过悲哀的洗礼!

我们读过上面所引的几首诗的人,当感觉仲则的诗纯粹是"诗人之诗"(Poet's poem)。什么是"诗人之诗"呢?诗人之诗就是发之于性灵,不落古人诗体之窠臼,不强为修饰,不用空虚之理以炫人。换一句话说,就是能独往独来,自造一种境界。我们应该知道清代诗风继续明代,有的主张盛唐,有的主张晚唐,有的主张中唐,有的主张中晚唐以至宋元。出主入奴,莫衷一是。实在说来,全是存心模仿古人,做古人的奴隶,而没有独立创作的昂视阔步的精神。王渔洋称为清代一代诗宗,其实也是才力薄弱,只能学古人而做些逼近宋元的假古董。清初只有一个吴梅村稍微杰出,但也挽不回这种腐败的诗风。这种诗风从顺治康熙以至乾隆初年,直至文坛怪杰袁枚(随园)主张诗当发挥性情,不应为古人奴隶,天下诗风,才因而转移。袁枚的诗学议论,简直可以说是前无古人!他自己的创作能力,虽然不如他的鉴赏能力,但他一生的关于文学议论,实在不少魄力宏大、精到绝伦之论！仲则和袁枚同时，他的思想，也许受了袁枚不少影响。清代诗风，可说是到袁枚而分成两大潮流：一派以发挥性情为目的，仲则可以说是这派中的健将；一派以复古为目的，所谓学唐学宋，至道光间，张维屏、朱次琦一班人，学苏（东坡）学黄（山谷）直弄得乌烟瘴气，一榻胡涂。这派复古的腐败诗风，直到清末。

我们且不谈这些清代文学史上的空洞问题了，我们且再讨论我们天才诗人的诗罢。

仲则的《都门秋思》诗也曾传遍都下，为一时人士所爱重。据陆祁生的《继辂春芹录》所说："秋帆宫保，初不识君，见《都门秋思》诗，谓值千金，姑先寄五百金，速其西游。"我们要读这价值千金的诗吗？（我在上篇曾引了一首）我现在具全引在下面：

> 楼观云开依碧空，
> 上阳日落半城红。
> 新声北里回车远，
> 爽气西山挂笏通。
> 闷依宫墙拈短笛，
> 闲经坊曲避豪骢。

帝京欲赋惭才思，
自掩萧斋著恼公。

四年书剑滞燕京，
更值秋来百感并。
台上何人延郭隗？
市中无处访荆卿。
云浮万里伤心色，
风送千秋变征声。
我自欲歌歌不得，
好寻驵卒话生平。

五剧车声隐若雷，
北邙惟见冢千堆。
夕阳劝客登楼去，
山色将秋远郭来。
寒甚更无修竹倚，
愁多思买白杨栽。
全家都在风声里，
九月衣裳未剪裁！

侧声人海叹栖迟，

>浪说文章擅色丝。
>倦客马卿谁买赋,
>诸生何武漫称诗。
>一梳霜冷慈亲发,
>半甑尘凝病妇炊。
>为语绕枝乌鹊道,
>天寒休傍最高枝。

这几首诗的风格寄托,情感缠绵,从生之苦痛里发出的哀音,真是诗坛的绝妙高品!艺术是无价之宝!它不能同商品一样,放在商人的柜台上,用秤来称,用黄金来估价!拿艺术品来卖钱的人是穷鬼,拿钱来买艺术品的人是俗物!毕秋帆以为仲则的诗价值千金,实在也未免有些商人的俗气,但他究竟总算有赏识的眼光,而且能即刻送五百金给仲则,像仲则那时的穷困情形,实在也是很大的帮助。

仲则的诗为当时人最传诵的,还有一首《圈虎行》。孙渊如以为"七古绝技"。现在且引在下面:

>都门岁首陈百技,
>鱼龙怪兽罕不备。
>何物市上游手儿,

役使山君作儿戏。
初舁虎圈来广场，
倾城观者如堵墙。
四围立栅牵虎出，
毛拳耳戢气不扬。
先撩虎须虎犹帖，
以桮卓地虎人立。
人呼虎吼声如雷，
牙爪丛中奋身入。
虎口呀开大如斗，
人转从容探以手。
更脱头颅抵虎口，
以头饲虎虎不受。
虎舌舐人如舐觳，
忽接虎脊叱使行。
虎便逡巡绕栏走。
翻身踞地蹴冻尘，
浑身抖开花锦茵。
盘回舞势学胡旋，
似张虎威实媚人。
少焉仰卧若佯死，
投之以肉霍然起。

观者一笑争醵钱,
人既得钱虎摇尾。
仍驱入圈负以趋,
此间乐亦忘山居。
依人虎任人颐使,
伴虎人皆虎睡余。
我观此状气消阻,
嗟而斑奴亦何苦。
不能决蹯而不智,
不能破槛而不武。
此曹一生衣食汝,
彼岂有力如中黄。
复似梁鸯能喜怒,
汝得残餐究奚补!
伥鬼羞颜亦更主,
旧山同伴倘相逢,
笑而行藏不如鼠。

(《两当轩》卷十四)

《圈虎行》在《两当轩》集中,的确可谓一首绝妙好诗!描写的周至,寄托的深远,含蓄的无穷,真是令人叹绝!

我们要懂得仲则的安贫知命、抱负不凡、傲骨一生的性格，不可不读他的《杂感》诗：

> 抑情无计综飞扬，
> 忽忽行迷坐若忘。
> 遁拟凿坏因骨傲，
> 吟还带索为秋长。
> 听猿讵止三声泪，
> 绕指真成百炼钢。
> 自傲一呕休示客，
> 恐将冰炭置人肠。
>
> 岁岁吹箫江上城，
> 西园桃梗托浮生。
> 马因失路真疲路，
> 媪到吞声尚有声。
> 长铗依人游未已，
> 短衣射虎气难平。
> 剧怜对酒听歌夜，
> 绝似中年以后情。
>
> 鸢肩火色负轮囷，
> 臣壮何曾不若人！
> 文倘有光真怪石，

足如可析是劳薪。
但工饮啖酒能活,
尚有琴书且未贫。
芳草满江容我采,
此生端合附灵均!

似绮年华指一弹,
世途惟觉醉乡宽。
三生难化心成石,
九死空尝胆作丸。
出郭病躯愁直视,
登高短发愧旁观。
升沉不用君平卜,
已辨秋江一钓竿。

我在本文上篇曾说过,仲则是崇拜李白的,所以他的诗曾受了李白的很多影响。但近来看仲则的《诗评七则》,知道仲则对于古代各派各家的诗全是很有心得的,不独对于青莲。我因为这《诗评七则》,则则全是宝贵的珍珠,所以完全引在下面:

> 杜固诗之祖,而李东川实可谓祖所自出。后入法门,亦遂无所不备。篇幅虽少,而浑然元气,已

成大观矣。愚见欲以岑嘉州与李昌谷温飞卿三家汇刻,似近无理。然能读之烂熟,试令出笔,定有绝妙过人处,亦惟解人能知之也。

阮亭云欧阳文忠公七言长句,高处直追昌黎,自王介甫辈皆不及也。愚谓欧王异派,各有佳处,不能较优劣也。王诗得辛味居多,其沉雄要不减前人。

二黾宗苏参黄,其沉峻刻练处,又公然有离立之势。补之篇幅尤大。按其胜处,竟有入昌黎之奥矣。人多谓附苏而传,讵知有非苏亦传者耶!

遗山诗学杜兼李,天资才力,为后起之劲。微嫌其成句少多。然不害为盘盘大手笔也。

柏生沉郁顿挫,不肯为一直笔。固时后来之雄,但有过为团刻处。一失之运掉不转耳。

(《两当轩》卷二十)

我们读上面的诗评,可知道仲则对王介甫、元遗山的诗,俱有深入的见解。而且他要想岑嘉州、李昌谷、温飞卿三人的诗合刻,且主张读之烂熟,足征仲则对于此三家的诗,亦特别嗜好。杜甫说:"读书破万卷,下笔如有神。"天才并不是不需要读书,天才要书为我用,而不愿我为书的奴隶。吴兰雪在他的《石溪舫诗话》说得好:

> ……吾尝论海内诗人,能从古人出,而不为古人所囿者,藏园而外,必推仲则第一!

要"能从古人出而不为古人所囿"才可研究科学哲学,以及文学艺术!要"能从古人出而不为古人所囿"才可研究黄仲则的诗!

当时人之所能了解仲则的诗为"诗人之诗"者,当推仲则的朋友万黍维,(名应馨,宜兴人,乾隆乙酉进士。)他说:

> 仲则天才轶群绝伦,意气恒不可一世,独论诗则与余合。余尝谓今之为诗者,济之以考据之学,艳之以藻绘之华,才人学人之诗,屈指难悉。而诗人之诗,则千百中不得什一焉。仲则深韪余言,亦知余此论,盖为仲则发也。 (《味余楼诗稿序》)

我们在万黍维的序中可以看出当时诗坛上的怪现状,所谓"才人学人之诗",全是搬古典,摆架子!"艳之以藻绘之华",好像是女人脸上不美,专门从点胭脂、擦花粉上做功夫!至于"济之以考据之学"那真是弄成"什么话"了!考据是理智方面的死功夫,怎样可以弄到抒写情感的诗上来!

但是仲则的诗实在不如他的词,清代的词人,可传的只有一个纳兰性德。仲则的词实在比纳兰性德高得多。仲则的词以白描胜,好像辛稼轩和苏东坡。纳兰性德是学李后主的,而未免失之雕琢。

我最爱读的仲则的词,是他的《步蟾宫》:

> 一层丁字帘儿底,只绣著花儿不理。别来难道改心肠,便话也有头没尾! 兰膏半灭衾如水,徒省是梦中情事。可怜梦又不分明!怎得个重新做起? (《两当轩》卷十九)

"别来难道改心肠,便话也有头没尾!""可怜梦又不分明!怎得个重新做起?"这些句子何等自然,何等漂亮,又何等悱切动人,然而里面并不曾有一个僻典,并不曾用一个僻字!做词第一要做得清楚,然后才能做得好。做诗做词最忌是意义糊涂,练句混沌。一糊涂一混沌,便永远不可救药!

仲则的情词,几乎没有一首不好的,我们且多引几首在下面:

> 颤提裙钗步苍苔。首惊回,甚时来?昨宵花底,风露为谁挨?念我一番寒澈骨。分半角,锦衾偎。 端相一霎太津津。乍微嗔,却回身。人间天上,此景最销魂!我恋卿卿卿自会,卿恋我,是何

因？　　　　　　（《江神子》《两当轩》卷十九）

庭院绿莎，墙头翠萝，照入迢递星河。忽谁家皓歌？华心暗磨，欢场梦过。不听时也愁多，况听时奈何！　江城绮罗，迁莺闹蛾。声声挽著鬓婆，被轻风递过。中年感多，人生几何！便教彻夜清歌，问伊家怎么？（《醉太平》《两当轩》卷十九）

从中国文学史上看来，南方是"儿女文学"的老家，北方是"英雄文学"的老家。我们的诗人黄仲则便是"儿女文学"的圣手！

仲则词为当时人所传诵的，似乎还是那首《春日》：

日日登楼，一换一番春色者。似卷如流，春日谁道迟迟！一片野风吹草，草背白烟飞。颓墙左侧，小桃放了，没个人知。　徘徊花下，分明认得三五年时。是何人挑将竹泪，黏上空枝？请试低头，影儿憔悴浸春池。此间深处，是伊归路，莫学相思。　　　　（《丑奴儿慢》《两当轩》卷十七》）

人道王摩诘诗中有画，我道黄仲则词中也有画。你看："一片野风吹草，草背白烟飞。颓墙左侧，小桃放了，没个人知。"这景致是何等好也，这真是画家写生好笔！

仲则词也有很流丽的，如：

犹记去年寒食暮,曾共约桃根渡。算花落花开今又度。人去也,春何处?春去也,人何处? 如此凄凉风更雨,便去也还须住。待觅遍天涯芳草路。小舟也,山无数;小楼也,山无数。

(《酷相思·春暮》《两当轩》卷十七)

也有寄托沉痛的,如:

怪道夜窗虚似水,月在空枝,春在空香里。一片入杯撩不起,风前细饮相思味。冷落空墙犹徙倚,者是人间第一埋愁地!占得百花头上死,人生可也当如此! 莫怨妒花风雨浪,送我泥深,了却冰霜障。身后繁华千万状,苦心现出无生相。隐约绿纱窗未亮,似有魂来小揭冰绡帐。报道感君怜一晌,明朝扫我孤山葬!

(《鹊踏枝·落梅和稚存枝》《两当轩》卷十八)

也有心情潇洒的,如:

记曾听,春山伐木丁丁。声度林杪,斧声渐歇歌声近。带得夕阳归了。君莫笑,我识字无多,不解谈王道。名山难到,便到得山中,也愁歧路,片语乞相告。 尘世扰,谷口携家须早。半生惟尔同调。人间何处容长揖,愁绝塞驴席帽。休懊恼!判尔许腰身,折向伊曹好。浮生草草,待烂得柯残,梦醒蕉后,相与出尘表?

(《摸鱼儿·自题捣樵图》《两当轩》卷十九)

仲则的词,真可谓无格不有,无美不备。他的诗何以不如他的词呢?这并不能怪仲则,因为诗之五古七古的拘束太厉害,感情不能自由舒展。至于词,因为格调很多,工者相意择调,句既有长短不同,则舒写情意,可以自由。中国韵文之由诗变为词,实为一大进化!

我们评论黄仲则在中国文学史上的位置,可以说,仲则的诗,以情感缠绵胜。清代诗人,天才奔放如仲则者,清代仅有一个金和。但是仲则的词,自南宋以后,仲则可称独霸——纳兰性德号称清朝一代词宗,以我看来,造句之精巧,立意之幽远,寄托之高深,纳兰性德不及黄仲则多多了!

(附记)

黄仲则诗,有两种版本:

(一)《两当轩全集》光绪二年汪昉序 通行本

(二)《两当轩诗抄》赵希璜校 道光丙午留丹书屋本